PAR DELÀ LES LIENS DU SANG

Aurore Selva

Par delà les liens du sang

Editions Amalthée

Pour tout contact :
Editions Amalthée — 2 rue Crucy — 44005 Nantes CEDEX 1

CHAPITRE 1

Je déambulais, depuis quelques heures déjà, sans but précis, dans ma petite ville natale devenue quasi méconnaissable. Certaines rues, des façades ou encore certains visages se rappelaient vaguement à ma connaissance, sans aucune certitude ni tristesse. Voilà huit ans que je suis partie et je ne suis pas la seule à avoir changé ; je me promène en constatant les évolutions, les nouveaux quartiers, l'aménagement du centre ville… Visiblement et sans grand étonnement, la terre n'a pas cessé de tourner depuis mon départ.

– Jade ? Non, ce n'est pas toi ! Mais qu'est-ce que tu fais là ? Tu n'as pas changé… Je ne le crois pas…

Thomas Lefaire, camarade de fac qui, à l'époque, désirait embrasser une carrière de psychologue. Je ne le crois pas non plus ! Il a conservé son doux visage, vieilli un peu comme chacun, mais a toujours la même étincelle dans le regard.

– Je ne t'avais pas reconnu de loin. Comment vas-tu ? Dis-moi, ça fait combien de temps déjà ?

– Une éternité, mais pour être plus précis ça fait sept ans. Que le temps passe vite ! On va se boire un café quelque part ?

– Pourquoi pas, on en a des choses à se dire…

Et tandis que nous nous dirigions vers le bar le plus proche, je prenais conscience du bonheur que m'offrait ce petit hasard de la vie.

La commande étant passée, un long silence s'est installé à notre table mais sans pour autant venir troubler l'atmosphère. Nous étions en terrasse, il faisait beau et chacun se dévorait du regard pour comparer les traits gardés en mémoire jusque lors.

Aucun doute là-dessus : ce sont bien eux !

– Alors, raconte ! Dis-moi ce que tu deviens, lançais-je subitement pour passer mon tour.

– Et bien j'ai achevé mes études de psychologie et là je me suis retrouvé confronté à un dilemme. C'était soit l'enseignement soit la pratique en cabinet, mais rien de tout cela ne m'intéressait. Je voulais plus, évoluer et apprendre encore et toujours, sans m'enfermer dans une routine qui, à la longue, vous étouffe sournoisement. Et à force de patience et de persévérance, j'ai intégré un groupe de recherche métaphysique qui travaille sur les phénomènes parapsychologiques et paranormaux. C'est passionnant et plein de surprises.

– J'imagine. Et vous travaillez sur quoi en ce moment ?

– Notre thème générique est la mort et notre but est de mieux la connaître pour mieux la comprendre. Nous recueillons des témoignages que nous analysons, comparons et expérimentons afin de toujours tendre vers la Vérité Ultime. De nombreux scientifiques s'épanchent sur le sujet, à travers le monde ; et nous nous aidons mutuellement dans notre progression. C'est terriblement passionnant et je pourrais t'en parler durant des heures.

– Et d'un point de vue plus personnel ?

– J'ai sacrifié ma vie privée pour ma carrière. Le centre me prend tellement de temps qu'aucune femme n'a pu s'en accommoder jusqu'ici. Et toi alors ?

Ça y est. Voilà mon tour. Thomas a toujours été très proche de moi et savait énormément de choses à mon sujet. Il était mon confident et à l'époque, j'avais une confiance aveugle en lui.

– Parler de moi me rend mal à l'aise.

– Pourquoi ? On n'est qu'entre nous.

– Je sais. Mais même face à moi-même je me sens mal.

– Je ne te comprends pas.

– D'accord. Je suis arrivée au but que je m'étais fixé, à savoir institutrice. J'ai enseigné quelques années et depuis un an j'espère une reconversion. J'ai besoin de changer de vie, d'être quelqu'un d'autre. Je suis revenue chez mes parents pour faire le point et me tracer de nouveaux objectifs.

– Je vois. Il n'y a rien de catastrophique à tout ça, ça arrive. Rassure-toi. Et as-tu une idée de ce que tu recherches ?

– Non, pas du tout, et voilà le problème. Je me sens lasse et blasée et surtout je ne veux plus me tromper.

– Mais qu'est-ce qui s'est passé exactement pour que tu en arrives là ?

– Je courais… sans m'en rendre compte, sans savoir où j'allais, ni pourquoi. Et un jour, en une fraction de seconde, ma vie a basculé. Je me suis aperçue que je ne courais plus, et que mon visage était à terre… Mais depuis combien de temps étais-je ainsi, en train de manger la poussière ? Le plus dur n'a pas été la chute, mais l'atterrissage.

– Qu'essaies-tu de me dire ?

– J'ai eu un terrible accident de voiture au début de l'année dernière. Et une part importante de moi-même est morte dans cette tragédie.

Il s'agissait cette fois d'un silence glacé et étranglé qui venait de prendre place parmi nous. Je lisais dans son regard à la fois de la peine et de l'incompréhension. Mais je n'avais aucun doute sur le fait qu'il me comprenait intuitivement, même s'il ne connaissait que les grosses lignes de ma situation.

– Continue.

– Je suis restée un mois à l'hôpital, puis j'ai enchaîné avec six mois de rééducation grâce auxquels j'ai retrouvé toutes mes capacités physiques. Mes proches me regardent comme une miraculée et moi telle une morte vivante. J'ai tout perdu dans cet accident, et même plus encore…

Des larmes incontrôlables ont pris forme sur mes joues, mes cordes vocales se sont paralysées ainsi que chacun de mes membres, me laissant dans un désarroi total. Voyant la gravité de l'instant, il régla les cafés, me saisit par le bras et m'emmena dans un parc, situé quelques rues plus loin, afin que nous puissions tranquillement finir notre conversation. Le trajet me fit un bien fou et me permit de reprendre mes esprits. Pour la première fois, j'étais face à quelqu'un qui ne savait pas, et je devais trouver les bons mots afin de dévoiler mon terrible secret.

– Il y a une chose que je t'avoue ne pas comprendre Jade… Pourquoi vouloir à tout prix te reconvertir ? Est-ce une question d'aptitudes, physiques ou intellectuelles ? Ou davantage l'expression d'une volonté de révolution totale dans ta vie ?

– Disons qu'il y a désormais : un Avant et un Après. Tu sais Thom, quand la vie t'envoie des épreuves aussi terribles, et que tu n'as d'autre choix que de les porter, à vie et sans relâche, tu ne peux pas rester le même qu'avant l'impact. Rien ne sera plus jamais pareil. Ma vie était réglée et elle ne l'est plus. Avant cela j'avais une vie et aujourd'hui je n'en ai plus.

– Tu ne peux pas dire ça. Tu n'as pas perdu ta vie, la preuve en est que je te parle en ce moment ; mais tu as perdu tes illusions, ça je te l'accorde et le déplore.

– Ce que j'ai perdu est inestimable. La Jade que tu as connue n'est plus, elle a laissé sa place à une enveloppe vide et attend seulement qu'un Dieu ou je ne sais quoi d'autre la rappelle, quelque part, pour un temps ou l'éternité.

– Il est certain que tu as changé, mais où est la force que tu possédais, l'envie de te battre et l'envie d'y croire ?

– Je n'ai plus goût à rien, et je suis contrainte d'attendre que ma partie s'arrête, enfin.

– As-tu été suivie après l'accident ?

– Au début oui, et puis j'ai tout arrêté car cela ne m'aidait pas. Avec tout le respect que j'ai pour tes collègues de profession, ils ne m'ont servi à rien.

– Tant que tu n'accepteras pas ce qui t'est arrivé, tu ne pourras pas te reconstruire.

– J'ai essayé, pour mes parents, mais j'ai toujours en tête que rien ne pourra me rendre ce qui m'a été pris.

– Minute. Tu ne m'as pas tout dit, là.

– Que veux-tu dire ?

– Je veux que tu m'expliques tout, sans omettre aucun détail, même si pour ça tu dois te faire violence. Il y a un point évident que tu n'oses exprimer et pourtant il te soulagerait.

– J'en suis incapable. L'idée de revivre ça, même avec les mots me retourne les tripes et…

– Pourtant c'est le seul moyen de te libérer ! Essaie, fais comme si tu me racontais une histoire, laisse tes affects de côté et lance-toi. C'est la première étape incontournable. Expliquer ce qui s'est passé après est loin d'être suffisant, je veux l'avant et le pendant et même si pour ça tu dois te vider de toutes les larmes de ton corps.

A l'époque, je n'avais aucune difficulté à me confier à lui. Mais je n'avais pas de grands mystères à lui raconter, quelques déceptions amoureuses, des épreuves d'examens ratées, des ambitions de rêveuse…

Je me suis allongée dans l'herbe, j'ai fermé les yeux et me suis lancée dans le récit.

– C'était un mercredi matin de mars et nous avions rendez-vous pour visiter un appartement. Moi je ne travaillais pas mais lui avait pris sa matinée pour pouvoir s'y rendre. Je me souviens que durant le trajet il me faisait enrager sur le fait que l'appartement serait en piteux état et qu'il faudrait probablement tout refaire pour l'habiter. C'était sa technique pour ne pas être déçu du résultat. Nous roulions sur une petite départementale quand un véhicule nous a soudainement percutés de plein fouet. Je n'ai jamais su d'où venait cette voiture, seulement qu'elle était déjà sur nous.

– Qui est ce « il » ?

– Mon fiancé. Il a été… Enfin il est… Sur le coup !

La colère et la souffrance ont envahi mon cœur, déclarant la guerre à quiconque tenterait de se dresser en obstacle. Mon visage se dissimulait derrière un torrent de larmes et je sentais, enfin, de nouveau l'énergie vitale qui animait mon corps. Grâce à cette rage éprouvée je prenais conscience que j'étais encore en vie. Mais le plus terrible signifiait que je n'avais pas rêvé, j'étais belle et bien seule au monde, sans lui à mes côtés.

– C'est la première fois ?

– Oui. Je n'ai jamais pu en parler jusqu'ici.

– Je suis content. Mais je n'en reviens pas. Il y a quelques heures encore j'étais à mille lieux de me douter que je te verrais aujourd'hui et là, je suis retourné à trois cent soixante degrés par ton histoire. Ecoute, je vais être franc avec toi, tu m'inquiètes énormément. Il faut te battre, t'as pas le droit de laisser tomber, tu peux pas, c'est pas toi ça !

– T'es comme les autres, t'arrives de je ne sais où et tu crois savoir ce qui est bon pour moi alors que tu n'as aucune idée de ce que je vis au quotidien, jour et nuit, sans arrêt ! Me battre ? Mais pourquoi ? Pour qui ?

– Pour toi !

– Pour quoi faire ?

– Vivre ! Si tu es restée ici-bas c'est que tu n'as pas fini ce pourquoi tu es venue.

– À quoi bon construire puisque tôt ou tard arrive un ouragan qui dévaste tout sur son passage. A quoi bon jouer puisque tôt ou tard la partie s'achève sans prévenir.

– T'es tu demandée pourquoi tu es restée et pas lui ?

– À chaque instant ! Pourquoi lui et pas moi ? Pourquoi tout ça ?

– Et n'as-tu jamais trouvé de réponse ?

– Non, si ce n'est que la vie est inutile et cruelle.

– Ce ne sont pas des réponses mais une interprétation subjective de ta situation.

– Où veux-tu en venir ? Je suis navrée mais je n'ai pas le cœur à dénouer les grandes énigmes, je veux simplement que tout redevienne comme avant.

– Et c'est là le problème. Rien ne pourra plus jamais être comme avant, et tu le sais mais tu refuses de l'accepter. Et peut-être que ce sont les grands mystères de la vie qui peuvent justement t'aider à comprendre, pour mieux accepter. Il y a forcément un point de départ.

– Je ne pense pas que tes grands raisonnements pourront m'être d'une quelconque utilité.

– Laisse-moi essayer alors, tu ne risques rien.

– Tu veux essayer quoi ?

– De réfléchir, avec toi, sérieusement sur la Vie, son importance, ses impacts positifs ou négatifs sur chacun…

– Je ne suis pas convaincue mais pourquoi pas.

– Très bien, alors rejoins-moi demain à dix heures à cette adresse. Et d'ici là, repose-toi tu en as vraiment besoin.

– D'accord, à demain. Oh ! Laisse-moi un numéro de téléphone au cas où j'aurais un empêchement…

– Je ne veux rien de tout ça, tu viens c'est tout. Il faut que je me sauve, à demain ma belle.

– Ciao !, Thom.

Et il s'en est allé. J'avais le sentiment de m'être fait broyer l'estomac par une machine vicieuse et redoutable. Mais de l'avoir revu m'a redonné un peu de courage… C'est déjà ça.

CHAPITRE 2

Je suis allée à mon rendez-vous en taxi et durant tout le trajet je n'ai échangé aucune parole avec le chauffeur. Puis, arrêtés dans la cour d'un grand bâtiment au dégradé violacé, il s'est retourné et m'a confirmé notre arrivée.

Je n'avais aucune idée de l'endroit où je me trouvais car du temps où je vivais ici, il n'y avait que des champs dans cette partie de la ville. J'ai réglé la course et me suis dirigée vers l'entrée. Une plaque argentée ornait le mur extérieur, ayant pour unique inscription « C.R.M. ». Nous sommes donc au Centre de Recherche Métaphysique où travaille Thom. L'hôtesse d'accueil fut charmante et me conduisit directement dans son bureau.

– Salut, ma belle. Je suis ravi de te voir ici. Bon, on a un programme chargé aujourd'hui, alors je propose qu'on y aille sans plus attendre.

– Comment ça, on a un programme chargé ?

– Rassure-toi, on va s'en sortir !

– Tu te moques de moi ? Tu me dis de venir ici pour discuter et finalement tu me cases entre deux rendez-vous et tu espères me balader toute la journée.

– Te balader..., non. Crois-moi, nous allons droit au but.

– Et quel est ce but ?

– Voilà ! Parce que tu ignores le but de la journée, tu t'imagines qu'il n'y en a pas. Grosse erreur. Chaque jour a un but bien précis, et si tu ne le connais pas, pour X raisons que ce soit, laisse-toi quand même guider. T'as rien à perdre puisque tu n'as rien de prévu, dit-il tout en me tirant le bras pour le suivre.

Une fois dans la voiture, il se mit à me parler différemment.

– Si tu devais trouver un responsable à tout ce qui t'arrive, qui serait-il ?

– J'en veux à la terre entière ! Mais d'une façon bien résumée, j'en veux à Dieu, si toutefois il existe !

– Et où penserais-tu le trouver ?

– Bonne question, mais tu sais, pour être tout à fait franche, je doute que Dieu puisse sincèrement exister. Comment expliques-tu toutes ces souffrances dans le monde ? Les guerres ? La misère et la famine ? L'amour que l'on vous donne et, sans vous laisser le temps de comprendre, que l'on vous arrache ? Ici-bas, tout est laid et cruel, le bonheur ne semble être qu'une légende…

Il freina brusquement la voiture et se rangea sur le côté de la chaussée.

– Regarde autour de toi, qu'est-ce que tu vois ?

– Des gens.

– Mais qu'ont-ils ?

– Je ne sais pas ce qu'ils ont, je ne les connais pas.

– Moi non plus, même si je crois en reconnaître quelques-uns. Regarde, mais avec cette fois un regard neuf. Moi, je vois des enfants qui sont ce que j'ai été ; je vois de jeunes amoureux timides d'un côté, des personnes âgées qui peinent à se déplacer ; je vois des hommes et des femmes, tous représentant d'un temps donné sur terre, qui ne sont autres que nous. La perfection est dans chacun de nos corps, nous sommes tous identiques, à quelques nuances près. Quand tu croises une personne dans la rue, c'est une projection de toi que tu vois.

– Et où veux-tu en venir ?

– Au fait que l'on ne s'est pas retrouvé tous là, comme ça, par hasard !

– Je ne crois pas que cela soit suffisant pour affirmer l'existence de Dieu.

– Alors regarde encore plus loin. Vois la nature, la faune, la flore les pâturages ou les montagnes, l'océan ou plus simplement, un coucher de soleil. L'observation des alentours est un chemin qui conduit à Dieu.

– Bon, admettons. Mais peux-tu me dire pourquoi nous sommes là, ici-bas ?

– Chacun le sait au fond de son cœur.

– Alors j'ai dû égarer l'information quelque part et je me vois condamnée à errer toute ma vie.

– C'est un choix, mais pas le plus judicieux. Bon allons-y maintenant, je n'aime pas arriver en retard.

Nous reprîmes notre route, cette fois en silence, je repensais à ses paroles et ne comprenais pas l'écho qu'elles faisaient résonner en moi. Puis nous nous sommes arrêtés devant une petite maison dans un joli lotissement.

– Qui habite ici ?
– Un ami. Suis-moi, tu vas comprendre.

C'était un octogénaire qui se déplaçait avec une canne, ayant visiblement une jambe de bois.

Pourquoi suis-je ici ?

L'homme nous proposa un rafraîchissement et nous installa dans son salon. Beaucoup de photographies ornaient les murs, chacune ayant son histoire et ses émotions. Puis, il s'assit en face de nous et se lança dans une narration intéressante.

« Parce qu'une poignée d'hommes a décidé de se faire la guerre, des milliers d'autres ont péri en héros anonymes. Quant aux survivants, leur mémoire est suffisamment pleine de cauchemars et leur corps encore marqués par le sifflement des balles ou en partie détruit par les explosions, restent les seuls témoins de cette cruelle absurdité.

J'avais dix-huit ans et j'étais terriblement amoureux de Chiara, une jeune émigrée italienne, belle comme un cœur et fraîche comme la vie. Son père avait rejoint la France pour son travail, et leur confort était tel qu'il emmena avec lui toute sa petite famille.

Au premier regard : l'amour, le coup de foudre, la reconnaissance de deux êtres qui s'étaient donné rendez-vous sur la terre…

Après s'être fréquenté quelque temps à l'abri des regards autoritaires, nous décidâmes de nous unir et de faire part de la nouvelle à chacune de nos familles. L'homme qui allait devenir mon beau-père n'appréciait guère la décision de sa fille de m'épouser ; mais en même temps, il ne pouvait se résoudre à perdre la complicité qu'il entretenait avec elle depuis toujours. Ainsi, personne ne s'y opposa et la date fut annoncée publiquement. J'étais fou de joie et ivre de bonheur ! Mon amour éprouvé faisait naître en moi une force incommensurable et une soif intarissable de vivre. »

Le vieil homme marqua une pause, le temps pour lui de reprendre son souffle et de gérer le trop plein d'émotions qui émanait de son cœur et qui courait se retranscrire sur ses yeux fatigués. Sa voix douce s'imprégna bientôt d'un timbre beaucoup plus éloquent et lourd de sentiments, et il repartit dans son récit.

« Quelques semaines avant la noce, les Allemands décident d'envahir la Pologne afin d'agrandir leur empire… J'ai dix-neuf ans et suis dans les premiers à partir. C'est alors que commence une longue et interminable attente, tissée sur l'espoir de rentrer au plus tôt auprès d'elle. Nous nous écrivions toutes les semaines puis, à partir de la fin de la première année, le courrier s'acheminait de plus en plus mal jusqu'à nous.

1940. J'ai perdu de nombreux amis sur les champs de bataille. Les lettres se faisaient de plus en plus rares et les délais de réception dépassaient les trois mois. Je ne relâchais pas mes efforts pour autant et continuais d'écrire chaque semaine à ma belle, priant pour que ces lettres lui parviennent.

1941. La guerre continue et je passe maître pour creuser les tombes. Plus de lettres du tout, mais je continue la rédaction des miennes car il n'y a plus que ça pour me rappeler ce qu'est la Vie.

1942. Nous n'enterrons plus nos camarades, nous courons sans cesse de champs en champs, de conflits en embuscades. L'espoir de recevoir un mot doux de ma bien-aimée me tient au ventre et hante mon esprit, seule fuite face à l'horreur. Début décembre, je reçois enfin la chose tant attendue. Tenant la lettre entre mes doigts, je ne me doutais encore pas qu'il existait pire horreur que la guerre. Il ne s'agissait pas de Chiara mais de son père, qui relatait sur un ton léger comment il avait réussi à me faire oublier de sa fille et que chacun de mes courriers lui était devenu précieux pour allumer le feu. A cet instant, plus rien ne comptait plus pour moi. Il n'y avait ni bien ni mal, ni bonheur ni horreur, seulement la mort et le chaos, faisant céder mon dernier souffle de vie.

1943. Une explosion me déchiquette la jambe. Je suis rapatrié en France et fais ma convalescence en zone libre.

Chiara avait déménagé depuis un an, après avoir épousé un bon parti, lui aussi italien d'origine. Je ne pouvais me résoudre à laisser tomber et voulais à tout prix la revoir. Je réussis à retrouver sa trace grâce à la complicité d'amis bien placés, mais je n'ai jamais eu le courage de m'approcher d'elle. Qu'avais-je à lui offrir désormais ? J'étais détruit par la guerre, elle était mariée et attendait un enfant. Avais-je le droit de briser sa vie, comme ça, en lui annonçant la vérité sur son père, son héros, preuves à l'appui ? Et puis, elle me croyait mort… Enfin, même si son père avait osé jouer avec les sentiments de sa fille, moi je l'aimais trop pour en faire autant et surtout dans le seul but de servir mes intérêts personnels. Je la voulais heureuse et je l'ai vue l'être, alors à mon tour je ne peux que m'en satisfaire. »

– C'est injuste ! répliqua Jade absorbée par l'histoire du vieil homme.

– C'est la vie.

– Alors la vie est injuste !

– Ne dites pas ça mon enfant. Ces expériences ne sont pas vaines, elles m'ont permis d'être ce que je suis aujourd'hui. C'est vrai que les larmes me montent encore à l'évocation de ces souvenirs et pourtant, voilà déjà près de soixante ans qu'ils ont eu lieu. On ne peut se défaire d'un tel poids, mais nous avons le devoir de le gérer le mieux possible, car en fin de compte, nous n'avons pas le choix. Je me sens si fier d'avoir connu ce bonheur, aussi dramatique qu'a pu en être la fin, j'ai goûté, au moins une fois dans ma vie, au fruit de ce plaisir.

– Pardonnez-moi mais je ne vous saisis pas entièrement. Comment en arriver à de telles conclusions ? Pourquoi se contenter d'un souvenir alors qu'avec un peu de courage vous auriez pu obtenir bien davantage ? La vérité est de votre côté et vous ne l'utilisez pas.

– Obtenir davantage ? Mais pour qui ? Pour soi. Peut-on s'écarter de sa conscience pour assouvir un besoin, une envie ?

– Qu'entendez vous par là ?

– J'aimais Chiara, c'est certain. Mais les événements en ont voulu autrement et j'ai été écarté de sa vie à la suite de mon décès sur le front, selon les dires de son père. Entre-temps, elle a reconstruit sa vie et la mienne ne signifiait plus rien. La vérité aurait fait basculer son bonheur dans les eaux troubles et j'estimais qu'il y avait eu assez de douleur gratuitement distribuée pour en rajouter. Qu'aurait-elle ressenti de la trahison de son héros de père ? Qu'aurait-elle décidé pour son mariage et son enfant ? Je n'ai pas eu le cœur de la bousculer.

– C'est une belle preuve d'amour.

– C'est ma vision des choses. Et pour oublier le mal que son absence provoquait en moi, je me suis entièrement donné aux autres et plus je leur consacrais du temps et de l'amour, plus je me sentais comblé et c'est ainsi que j'ai réussi à survivre. Ironie du sort, j'ai retrouvé ma place dans ce monde grâce aux personnes en difficultés. Mais, aujourd'hui plus que jamais, laissez-moi vous dire que la vie est un cadeau et qu'elle est merveilleuse si vous restez en harmonie avec vous-même et en paix avec votre conscience.

– Il faut être très sage pour tenir un tel discours.

– Côtoyer la mort durant quatre années m'a appris l'essentiel de la vie, discerner ce qui est vrai et indispensable de l'absurde et l'inutile.

– Vous auriez pu sombrer dans un enfer terrible si…

– Si je n'avais pas pris le parti de m'en sortir ? Evidemment. Tôt ou tard nous sommes tous confrontés à ce choix : se battre ou succomber. Moi, je me suis battu, souvent contre moi-même, mais je n'ai jamais eu à le regretter, même dans les moments les plus sombres. Désormais, mon bonheur est ma liberté et c'est ma plus grande richesse.

J'étais totalement ébranlée par l'histoire de cet homme. La haine et le désespoir qui l'ont hanté durant cette stupide guerre semblent désormais m'appartenir, pour d'autres raisons que les siennes. Mais malgré tout, son message d'espoir me laissait entrevoir l'arrivée, tôt ou tard, de jours meilleurs. Nous prîmes congé du vieillard et Thom entretenait volontairement le silence, pour me laisser le temps de tout assimiler et de l'intégrer à ma propre réalité.

CHAPITRE 3

Absorbée dans mes pensées, je ne vis pas l'itinéraire que la voiture emprunta. Mais je me laissais guider comme un pantin, dont les capacités sont limitées sans le teneur de ficelles. Il se gara une nouvelle fois devant un grand bâtiment que je n'eus aucun mal à reconnaître : l'Hôpital général.

Un frisson parcourut mon corps et une légère paralysie descendit le long de ma colonne vertébrale. Nombreux sont ceux qui haïssent les hôpitaux, ayant pour sûr des raisons valables de le faire, mais pour moi c'est pire encore. A mon arrivée aux urgences j'étais en miettes et j'ai demandé, en vain, des nouvelles de mon fiancé. C'est seulement un mois plus tard, après une nette amélioration de mon état de santé, que j'ai appris qu'il n'était plus. Je me revois hurlant dans les couloirs, implorant la mort de me prendre à mon tour, errant dans les services comme une âme perdue. Quel que soit l'hôpital, je revis cette scène et ressens encore les sentiments de l'instant.

– Que t'arrive-t-il ? Tu es toute blanche… Tout va bien ?
– Pourquoi sommes-nous ici ?
– Suis-moi, tu le sauras vite.
– Je ne peux pas. C'est au-dessus de mes forces.
– Viens !

Il m'extirpa de la voiture sans me laisser le temps de réagir. Visiblement il ne me laissait pas le choix, et j'avançais d'un pas hésitant, accrochée à son bras. Je ne sentais plus mes jambes, seulement mon cœur battre à tout rompre. La précipitation qu'il donnait à sa marche me laissait entendre qu'il savait exactement où aller. Résignée, je le suivais ; tentant de surmonter l'intense émotion qui m'assaillait.

Il frappa à une porte, chambre 203, laissant résonner dans l'atmosphère une chansonnette aux notes saccadées, tel un code entre lui et la personne gisant dans ce lit. Il entra sans attendre de réponse et le spectacle que je vis me fendit le cœur. Au milieu de la pièce, un lit. Aux alentours, des machines, à la fois barbares et nécessaires pour ce petit être quasiment dénué de vie.

– Je te présente Quentin. Il s'est fait renversé il y a deux jours par une voiture alors qu'il jouait au ballon avec ses camarades devant chez lui. Depuis, il est dans le coma.

Il retira la couverture de l'enfant et me dit qu'il était paralysé des deux jambes.

– Oh ! Mon Dieu ! C'est horrible.
– Regarde-le, il n'a que dix ans, il a toute la vie devant lui et crois-moi, il ne demande qu'à vivre.
– Je n'en suis pas certaine. Quelle genre de vie lui reste-t-il ? Il ne peut plus bouger, ni courir, ni…
– Oui, mais son cœur est en excellente santé et je suis convaincu qu'il a une soif intarissable de vivre. Prends-lui la main.
– Elle est chaude.
– Bien sûr, il se repose pour mieux revenir vers nous. N'est-ce pas petit homme ? Tu nous entends, tu sais que le monde t'attend.

Je sentis un léger pincement de ma main ; ses doigts, dans leur faiblesse de l'instant, tentaient de me prouver sa présence.

– Il a bougé ! dis-je abasourdie.
– Bien sûr, il t'entend.
– Que signifie cela Thom ?
– Que dirais-tu s'il s'agissait de ton enfant ? Qu'il est perdu ? Que sa vie est foutue ? Qu'il n'y a plus d'espoir à avoir ?

La mère de Quentin entra sur ces mots dans la pièce et répondit vivement à ses interrogations.

– Mon fils n'est pas perdu ! Tant que son cœur continuera à battre, et tant qu'il saura voir le monde avec son cœur, il sera vivant et heureux.

Chaque jour je viens ici pour lui dire combien la vie est belle et combien nous l'aimons son père et moi.

– N'êtes vous pas désespérée de voir votre fils dans cet état ? demandais-je naïvement.

– Ma première réaction fut la colère, la haine. Et puis j'ai prié, prié, prié pour qu'il ne souffre pas et pour qu'il vive. Aujourd'hui, je sais que cela devait arriver car tout se passe toujours comme cela doit se passer. Il n'y a pas d'erreur, croyez-moi.

– Ne craignez-vous pas qu'il tarde à se réveiller ?

– Voilà deux jours qu'il est dans le coma et je lui fais confiance pour qu'il en sorte vite. Je ne laisse pas d'occasion à la peur de pénétrer mon cœur, car cela nuirait à son rétablissement. Je reste confiante et aimante, c'est le seul moyen que j'ai pour aider mon fils.

– Vous êtes très courageuse, madame.

– Non, je suis une mère, et je suis prête à tous les sacrifices pour le sauver.

Thom me prit par le bras et nous prîmes congé de ces deux êtres unis dans la douleur. Puis, il m'emmena dans la salle de rééducation de l'hôpital, où quelques infirmes faisaient leurs exercices quotidiens. Je connais très bien ce genre de lieu pour l'avoir fréquenté durant six mois. Mais cette fois, vue de l'extérieur, la vision que j'en retire n'est plus la même. Partout, des hommes, des femmes et des enfants aux membres cassés, estropiés, voire arrachés ; chacun dans son coin, se battant pour retrouver l'usage de leur corps, l'œil brillant et volontaire.

– Tu connais, n'est-ce pas ?

– Oui, mais je n'ai jamais pris le temps de voir l'éclair qui illumine leur regard. Ils ont envie de vivre, cela se sent, cela se voit, cela se sait.

Il s'approcha d'un homme, âgé d'une trentaine d'années, venu donner un cours de karaté aux patients, afin de réapprendre à se servir d'un corps meurtri. Thom le salua, me le présenta et il se lança dans le récit de son expérience.

– Un accident stupide et idiot me fit perdre l'usage de mon bras gauche alors que je n'avais que douze ans. A l'époque j'étais déjà féru de karaté et voulais en faire mon métier. Mon professeur, un grand sage, m'apprit alors qu'une seule prise de combat, réalisable dans mon état. A force de la répéter, je la maîtrisais parfaitement et il m'inscrivit à un championnat. J'étais si heureux de pouvoir concourir moi aussi, j'étais si fier d'avoir cette chance… Mon unique prise me permit d'arriver jusqu'en finale et croyez-moi, j'étais fou de joie. Mais lorsque j'ai vu mon dernier adversaire arriver sur le tapis, j'ai eu la sensation d'en disparaître à mon tour, tellement le contraste entre nos deux poids était impressionnant. Il était plus grand, plus gros et plus confiant que moi. De toute évidence, son poids lui donnait l'avantage. Le combat a commencé et j'ai une nouvelle fois réitéré ma prise et lui, ne pouvant me repousser du bras gauche puisqu'il me faisait défaut, s'est retrouvé par terre en moins de trois minutes. Et c'est ainsi que je suis devenu champion de karaté. Ma faiblesse s'est transformée en une force redoutable, et qui sait, peut-être qu'avec deux bras je n'aurais pas gagné. Le mental d'un invalide est beaucoup plus fort puisque nous devons déjà accepter ce corps qui n'a rien de commun avec la normale, et ainsi nous apprenons à repousser nos limites. Retenez bien ceci : Ce qui ne nous tue pas nous rend plus fort !

– Incroyable, lui dis-je impressionnée.

– Tout dans la vie peut être fort si l'on y met tout son cœur.

– C'est une très belle leçon.

– Heureux que vous le preniez de la sorte.

Une femme est venue s'ajouter au petit groupe que nous formions et nous en profitâmes pour nous éclipser. Je commençais à être comblée dans l'horreur que chacun pouvait m'exprimer.

– Regarde comme ils sont croyants, confiants et heureux de vivre et pourtant ils n'ont pas tous eu ta chance, me dit Thom tout en retournant à la voiture. Leur corps est endommagé et le tien est intact désormais. Leur mental est solide et le tien est… le tien est mort ma belle.

– Je ne suis pas insensible à ce que j'ai vu et entendu.

– Je n'ai pas dit que tu l'étais par rapport aux autres. Tu es insensible face à ta propre vie, c'est encore plus grave.

– Comment pourrait-il en être autrement ?

– Arrête ! pas avec moi. Tu ne te donnes aucune chance. D'accord, ce qui t'est arrivé est tragique et ça t'a freinée dans ton élan. Mais voilà plus d'un an déjà que tu végètes et à ce rythme là tu risques de passer à côté de ta vie.

– Je ne vois pas ce qui pourrait me rendre ce que j'ai perdu.

– Mais rien ne te le rendra jamais ! Tu dois l'accepter, tu n'as pas le choix, comme cet homme qui a dû accepter la perte de son bras et comme Quentin qui devra apprendre à vivre sans jambes. C'est la vie.

– Mais tu ne comprends pas… Je dois vivre avec ce poids sur ma conscience et c'est trop lourd.

– Mais tu n'es pas responsable, bon sang !

– Je n'aurais pas dû insister pour visiter cet appartement ce jour là.

– Mais il se serait passé autre chose…

– Peut-être pas ça.

– Sache une chose importante : Vas où tu veux et meurs où tu dois. Son heure a sonné, nous n'y pouvons rien. Mais la tienne est encore en suspens et tu n'y peux rien non plus.

– Jamais je ne pourrai l'accepter…

– Alors tu te condamnes.

– Mais…

– Tu n'es coupable de rien. Ce qui t'est arrivé est nécessaire pour ton karma, rien n'est hasard. Je t'en prie, cesse de regarder derrière et vois ton avenir. Tu ne peux rien changer à tout ça, ni même à ce qui s'est passé il y a cinq minutes ; par contre, tu peux tout changer à cet instant, à chaque seconde.

Des larmes coulaient sur mon visage, sans laisser jaillir le moindre cri. J'étais en train de céder sous le poids de l'émotion.

– Tu as raison. Je ne peux rien changer.

– As-tu envie de continuer ton chemin ?

– Pour mes parents, oui. Je leur dois.

– Et pour toi ?

– C'est encore un peu tôt. Mon cœur saigne abondamment et je ne vois pas ce qui pourrait me soulager. Je joue le jeu pour ma famille mais le cœur n'y est pas.

– Alors accroche-toi à eux. Pense au bonheur qu'ils ont, ton père et ta mère quand ils sont en ta présence. Ils savent le prix de ta vie et peuvent t'aider à le retrouver. Bats-toi ! Peu à peu, à force de violence et de volonté tu le feras pour toi, et là tu seras sauvée.

– Je te le dois à toi aussi.

– Non, tu ne me dois rien.

– Si, énormément. En deux jours j'ai le sentiment d'avoir beaucoup plus avancé qu'en une année entière. Merci.

– Le seul remerciement que j'accepte de ta part est un sourire, sincère et bienheureux.

CHAPITRE 4

Midi était passé déjà de quelques dizaines de minutes et l'appétit se fit sentir. Nous nous sommes arrêtés dans un petit restaurant afin de satisfaire nos estomacs. Au café, il se lança dans l'explication de l'une de ses théories sur la réussite.

– Celle-ci repose sur trois facteurs principaux. C'est d'abord ce que j'appelle le fait de Vouloir. Toute réalisation prend naissance par la volonté. Un fumeur ne cessera jamais le tabac s'il ne le veut pas, on est bien d'accord? Alors ça paraît simple, mais pas tant que ça. Nous nous jouons parfois des tours en croyant vouloir quelque chose ardemment mais notre cœur, au plus profond n'y est pas. Dans ce cas, la réalisation est impossible. Vouloir est une décision qui se prend avec le cœur, c'est avoir une croyance sans faille sur le bien fondé de notre désir. Après cela intervient le facteur Pouvoir. Il faut se donner les moyens de réussir et ne pas se décourager à la moindre alerte. Il faut aplanir les obstacles un par un, patiemment, tout en se faisant confiance. Et voici, l'ultime point, le moment de Se Féliciter pour avoir obtenu notre objet de convoitise. Vouloir. Pouvoir. Se Féliciter.

– C'est évident.

– En théorie, oui. Et dans la pratique?

– Où comptes-tu m'emmener cette fois?

– A retrouver ta motivation.

– Je me rappelle vaguement ce que c'est mais rien de bien solide.

– La dernière fois que tu as senti ton cœur s'emballer, c'était quand? Où tu as senti une force transcendante t'envahir? Te rappelles-tu ce qu'est l'enthousiasme?

– Je ne sais plus comment faire pour le ressentir à nouveau.

– Sais-tu qu'être enthousiaste c'est être habité par Dieu. Peut-être que ta traversée dans le désert est la cause de ta perte de repères. Si tu veux retrouver le chemin qui conduit à ton Moi, ton âme, retrouve celui qui te mènera à la source d'énergie vitale, car seule cette énergie peut t'aider dans ton voyage.

– Je ne te suis pas.

– Si, au contraire, mais tu refuses. Tu sais que cette source n'est autre que Dieu et tu lui en veux de t'avoir fait un coup comme ça ! Tu le rejettes parce qu'il t'a repris celui que tu aimais, mais n'as-tu pas compris que tout cela a un sens ? La vie répond à des règles et est soumise à des lois. Les épreuves nous sont envoyées pour nous aider à grandir, à élever notre conscience jusqu'à la sagesse ultime que sont la conscience, l'honnêteté et la responsabilité.

– Que de belles paroles… Non vraiment. Mais sais-tu ce que c'est au quotidien de se voir arracher le cœur et les tripes ? De se lever le matin sans aucune envie ? Ma vie est brisée et j'ai pas la force de reconstruire. Pourquoi faire ? Je vais m'acharner à monter un beau château de cartes et un courant d'air mal opportun viendra me le flanquer par terre. Non. Je ne veux plus faire l'erreur d'y croire. Ça fait trop mal.

– Tu te refuses le bonheur alors.

– Mon bonheur m'a été arraché.

– Mais ta vie ne s'arrête pas là, ma belle. Tu tombes une fois à terre et ça y est, tu arrêtes la course ? C'est un peu facile.

– Tu ne connais rien de mon quotidien. Tu ne sais pas comme le temps me fait mal parce qu'il me sépare de l'homme que j'aime. C'est un mauvais rêve et je voudrais me réveiller. J'ai mal Thom. Respirer me fait mal. Vivre me fait mal, je…

– Ne crois pas que je sois insensible et sans cœur mais si tu veux que je pleure avec toi et qu'ainsi je creuse ta tombe, compte pas sur moi. Tu pourrais hurler, t'arracher les cheveux, tout casser que ça n'y changerait rien. Tu dois l'accepter et avancer. Tu n'as pas le choix… enfin, si tu l'as : ou tu avances, même s'il faut te faire violence pour ça, soit tu tombes, mais il ne faudra pas te plaindre de n'avoir rien fait de ta vie. Je désire sincèrement t'aider mais je ne le ferai pas contre ta volonté.

– Je sais que cela part d'une bonne intention mais je n'ai pas envie d'être bousculée en permanence. Je suis revenue ici, chez mes parents, pour retrouver la paix intérieure et non pas pour prendre des claques. Je suis fatiguée, j'ai l'estomac brûlé, j'ai des douleurs terribles au ventre et dans la poitrine, je dors mal. Mais je ne pleure plus, enfin jusqu'à aujourd'hui.

– Fais-moi confiance, je t'en prie. Je peux te sortir de là. Attends, tu peux m'accorder deux minutes j'ai un coup de téléphone à passer.

– Je vois combien ma vie t'intéresse, ça fait plaisir.

– Justement, justement… Oui, bonjour c'est Thom, pourriez-vous me recevoir cette après-midi… C'est assez urgent… D'accord… Ce serait super, je vous remercie Madame Pinelli, à tout de suite.

Il régla l'addition puis nous avons rejoint la voiture tranquillement, partis pour je ne sais où encore…

Une légère appréhension me gagna car je ne savais plus à quoi m'attendre. Je voudrais me détendre et ne plus penser à çà…

Alors c'est elle madame Pinelli. Une petite femme brune, rondelette, âgée d'une cinquantaine d'années environ, dont les yeux incarnaient la douceur et la générosité. Elle semblait si bonne et si sereine qu'elle m'intriguait.

Mais qui est elle réellement ? Comment a-t-elle connu Thom ? Et que fais-je ici ?

Elle nous reçut dans son salon style déco traditionnelle et rien ne trahissait sa fonction dans cette affaire.

– Je vous présente Jade.

– Je suis enchantée. Moi c'est Martine Pinelli.

– Pardonnez-moi mais je ne sais pas à qui j'ai l'honneur de parler…

– Je suis lithothérapeute, je soigne avec les pierres. Avez vous quelques notions dans ce domaine ?

– Aucune. Et je ne vois pas bien le rapport avec moi.

– Oh, c'est un sujet qui concerne tout le monde, car tout dans ce monde est énergie, vous, moi, les choses, la nature et Dieu lui-même. Les pierres aussi sont chargées de cette énergie que les spécialistes appellent « subtiles ». Mais chaque pierre possède une énergie propre et agit donc sur des phénomènes particuliers. Le lithothérapeute travaille sur les sept pôles d'énergie du corps humain, sortes de portes où entrent et sortent les flux d'énergie, appelés plus simplement les chakras. Vous me suivez ?

– Jusqu'ici, oui. Mais où voulez-vous me conduire ?

– Le mal-être, physique ou mental, est le résultat d'un déséquilibre de la répartition de cette énergie. Si par exemple, vos changez le canal de réception d'un poste de télévision, vous modifiez par conséquent la chaîne que vous regardez. C'est la même chose pour le corps humain. Si les sept pôles d'énergie ne sont pas alignés, et donc pas équilibrés, cela peut générer une maladie, aussi bien physique que mentale.

– Quels sont-ils ces sept points d'énergie ?

– Il y a le chakra du cœur qui régule l'amour que l'on ressent pour soi et pour les autres. Le plexus solaire qui, lui, s'ouvre sur la joie et la bonne humeur. Le chakra de la gorge ou de la communication, qui favorise l'écoute de soi et l'écoute des autres. Puis le chakra du sexe qui joue un rôle important sur les liquides vitaux. Avez-vous des questions, jusqu'ici ?

– Non. Même si je ne me doutais pas que cela puisse exister. Force m'est d'admettre que je ne me suis jamais posé la question. Mais je vous en prie, poursuivez. Il reste encore trois chakras à expliquer.

– Je vois que vous suivez, c'est agréable. Donc, nous poursuivrons avec le troisième œil qui n'est autre que le centre de l'évolution spirituelle. Le chakra de la base, lui, sert de rattachement à la terre mère, et enfin, le chakra du sommet, en haut du crâne, est l'ouverture finale sur la spiritualité, la sagesse et les forces cosmiques. Voici donc nos sept points d'énergie. Afin d'équilibrer le tout, le lithothérapeute utilise des minéraux, différents selon leur composition et leur couleur, dégageant suffisamment d'énergie pour rééquilibrer la nôtre. Bien sûr ceci n'est qu'une explication rapide, vous trouverez bon nombre de livres, très complets, pour étayer vos connaissances à ce sujet.

– Comment savoir quelle pierre utiliser et où ?

– De nombreux chercheurs ont établi une classification depuis la nuit des temps, il suffit simplement de se procurer un manuel complet et d'étudier les vertus de chacune. La couleur aussi joue un rôle fondamental. Les vibrations qu'elle émet favorise l'accélération du processus de guérison. Finalement, les minéraux ont autant de pouvoir curateur que les huiles essentielles conçues à partir de fragments végétaux. Ainsi, comme la valériane officinale est un puissant tranquillisant, l'améthyste, elle, saura apaiser les brûlures. Désormais je vais vous rééquilibrer avec un icosaèdre de cristal de roche, le plus efficace pour un premier travail. En effet, c'est un solide à vingt facettes en triangle équilatéral, la perfection absolue qui peut remplacer tous les autres cristaux.

Elle m'allongea sur le canapé, mit une petite musique douce, et sortit une pierre d'un énorme coffre rempli de minéraux, classés par box et étiquetés. Elle déposa sa pierre sur mes pôles selon un ordre particulier. Je sentais dans mon corps des mouvements, des gazouillements, des bruits, de l'air envahir l'endroit où elle se trouvait. Pour chaque pôle d'énergie, elle me faisait penser à une couleur particulière, si fort au point de se voir nager dedans, et de ne faire plus qu'un avec elle. Ce fut le rose pour le cœur, le jaune au plexus solaire, le bleu arrivé à la gorge, l'orange pour le sexe, marron au chakra de la base, violet au troisième œil et enfin blanc sur le sommet. J'ai perdu toute notion du temps. Je ressentais mon corps à la fois dans sa totalité, dans chacune de ses cellules, mais je me sentais aussi flotter au-dessus de moi-même. J'étais si légère que j'étais bien, anesthésiée, bercée par la musique et le son de sa douce voix. En m'asseyant je ne sentais plus mon corps, j'étais totalement vidée. Et d'un coup, je me suis mise à pleurer, pleurer toutes les larmes de mon corps. C'était plus fort que moi, je ne pouvais pas lutter. J'étais loin d'imaginer que je pourrais encore verser autant de larmes.

– Evacue le mal qui est en toi et qui te ronge, me dit-elle sur un ton maternel. Voilà… C'est bien… Tu as refoulé tant d'émotions, de sentiments, de peur et de chagrin. Laisse toi aller.

Je ne m'arrêtais plus. Il me restait encore de belles réserves lacrymales. Et peu à peu le bien-être m'envahit. Pour la première fois je me sentais des ailes dans le dos, capables de porter ma douleur. Un énorme poids venait de m'être retiré et je me sentais barbouillée. Je voulais dormir.

– Je te conseille d'aller te coucher et on se revoit demain, même heure.
– C'est pas terminé ?
– J'aimerais qu'on en reparle ensemble, c'est tout.
– Je vous dois quelque chose ?
– Je vous en prie, j'ai été ravie de vous rencontrer.
– Merci, alors à demain.
– Au revoir.

Thom me ramena à la maison et me donna rendez-vous pour le lendemain. Je n'en demandais pas davantage et suis rentrée, me suis mise sous la couette et tomba K.O.

CHAPITRE 5

Le décor était féerique et paradisiaque. Une chute d'eau, immense, noble et solennelle se dressait face à moi, chantant en trombe du plus profond d'elle même, son amour et son harmonie divine avec le monde. Cette eau enchanteresse se jetait dans un lagon turquoise et venait s'échouer à mes pieds, sur une plage de sable blanc. « Je n'ai jamais rien vu d'aussi beau » pensais-je intimement quand le contact d'une main sur mon épaule me fit tressaillir. J'étais totalement tétanisée par la surprise et l'incompréhension. Je n'étais plus maître de rien.

– Salut princesse, tu ne m'embrasses pas ?
– M… Maxime ? C'est pas possible, tu es mort, tu… attends… Est-ce que ça veut dire que tu es venu me chercher ? Oh mon amour, je suis si heureuse.
– Jade, écoute-moi.

On s'assit sur le sable et j'avais le bonheur de voir chacun de ses traits se dessiner et je me rassasiais les yeux pour ne pas oublier un seul détail et pour combler le manque que cela m'avait coûté. Il semblait plus que jamais heureux et il était d'une beauté inoubliable. J'aurais voulu figer l'instant, rester dans ce paradis avec lui, à jamais.

– Je ne suis pas venu te chercher ma belle, je suis là pour te faire partager mon bonheur et te soulager le cœur. Je vis dans la lumière et crois-moi, je suis en vie.
– Arrête. À quoi tu joues ? Tu es mort, et moi je lutte contre la folie tous les jours, j'ai mal à en crever.
– Crois-moi, je suis vivant.

– Mort !
– Vivant !
– Mort !
– Vivant !
– Arrête ! lui hurlais-je à travers le visage. Pourquoi es-tu parti ? Tu m'as abandonnée. Depuis dix-huit mois et neuf jours je me lève seule, je vis seule. Mon cœur est vide, ma vie est triste.

Il me saisit les mains que je ne cessais d'agiter et une paix profonde m'envahit le cœur.

– Mon amour, je suis toujours là, près de toi et tu dois le croire même si tes yeux ne peuvent te le prouver. Je te guide et t'accompagne et reste relié à toi par un lien indescriptible, l'amour. Je suis si fier de toi et te demande pardon pour tout le mal que ma disparition t'a causé. Tu dois désormais avancer sur ta route. Tu as un chemin à faire et des objectifs à atteindre. Ta vie à toi n'est pas terminée et crois moi, il y a encore de très jolies choses qui t'attendent.
– Comment trouver l'envie de continuer sans toi ?
– Tu n'as pas le choix mais la page peut ne pas se tourner totalement si tu ouvres ton cœur à la vie.
– Ce qui veut dire ?
– Appelle-moi et je viendrai. Demande-moi et je te répondrai d'une façon ou d'une autre, par la bouche de quelqu'un ou le vol d'un oiseau et il te suffira d'écouter ton cœur pour me reconnaître. Tu crois être dans le noir mais Dieu t'as envoyé des guides qui t'aideront à retrouver ton chemin.
– Mais…
– Chuuuut ! me dit-il tout en me mettant le doigt sur mes lèvres pour me faire taire.

Il posa ses lèvres sur les miennes et je crus sentir mon cœur défaillir. J'étais au paradis. Je retrouvais le parfum sucré de sa peau, le délice de ses baisers, la douceur de ses caresses. Un à un nos vêtements se retiraient et nous avons plongé, nus, dans le lagon. L'eau était chaude et transparente mais l'agitation de nos corps faisait émerger quelques remous qui prenaient soin, sur leur passage, de brouiller l'eau. Nous échouâmes sur la plage, encore bercés par quelques vagues, et nous fîmes l'amour comme des dieux. C'était magique et inespéré. Puis, nous nous sommes endormis l'un contre l'autre, heureux comme jamais. Mais d'où vient cette musique ? Il semble que je la connais… Elle insiste… Elle m'arrache à toi Maxime. Ne la laisse pas faire… Je sais c'est… Oh !

– Le réveil, merde !

Je m'empressais de me repasser le film pour ne pas oublier le moindre passage. Je voulais graver à jamais dans ma mémoire le souvenir de ce rêve merveilleux. Sous le choc, je pleurais. Pourtant j'ai senti ses caresses, tout était si réel. Je ne sais plus où est la part du vrai du faux. Je me fais du mal gratuitement. Et, face au vide à mes côté dans le lit, je me suis exprimée souhaitant au plus profond de mon cœur qu'il m'entende où qu'il se trouve.

– Etait-ce un rêve ou pas ? Suis-je folle ? S'il est vrai que tu es toujours en vie, que tu veilles sur moi, prouve-le moi. Fais-moi savoir que tu es là d'une manière dont je ne puisse pas douter. Tu me manques tellement mon ange…

Ma mère entra dans ma chambre pour m'annoncer l'arrivée de Thom.

– Déjà ? Mais il n'est que onze heures trente et nous avons rendez-vous à deux heures et demie.
– Il dit que c'est très important. Descends, j'ai fait du café.
– J'arrive.

Ma mère sortit de la cuisine après mon arrivée, afin de respecter l'intimité de notre conversation.

– Bonjour tout le monde. J'espère qu'il ne se passe rien de grave pour que tu viennes de si bonne heure, Thom.
– Il est pas loin de midi, Jade et pour moi la journée est déjà bien entamée.
– Joue pas sur les mots. Qu'est-ce qui t'amène ?
– Je voulais voir tes parents, les saluer.
– C'est tout ?

– Non.

– Ah ! Je savais que ta visite était intéressée. Quel profit espères-tu obtenir ?

– L'autorisation de te poser une question.

– Laquelle ?

– Où se trouve la limite entre le rêve et la réalité ?

En prononçant ses mots je vis défiler des sortes de flashs, images et symboles de mon merveilleux rêve. Savait-il ? Non, impossible. C'est encore une des étapes psychologiques qu'il veut me faire atteindre sans prendre le soin ni le temps nécessaires de me demander mon avis.

– Je t'arrête tout de suite, aujourd'hui ça ne marche pas. J'en ai marre de ton tact animal et de tes rencontres symboliques.

– As-tu rêvé oui ou non ?

– Attends, de quoi parles-tu ?

– Tu le sais.

– Mais, comment ?

– Maxime.

Je suis retombée sur le dossier de ma chaise. J'ai reposé ma tasse à café sur la table. Que penser. Que dire. Je me sens murée dans une multitude de questions, un tourbillon d'incompréhension et pourtant pas un son ne s'est échappé de ma bouche. Il sortit un papier, rangé soigneusement dans une chemise en plastique et me le remit en ne lâchant pas mon regard une seule seconde.

« Merci d'être l'intermédiaire, si précieux à mon cœur, qui me permet de parler à ma princesse, Jade, Mon amour.

Même si les choses ne sont plus
Que tu ne vois plus mon visage
Notre amour ne s'est pas tû
Et inonde encore ton sillage.

Par le vent, je caresse ton corps
Tandis que les oiseaux te chantent mon amour
Je suis la nature, la faune et la flore
Je suis ici et maintenant, à jamais pour toujours.

Je te parle par la bouche d'autrui
Je suis le verbe, le mot, l'intonation
Caché derrière un geste, une envie
Je soulagerai ton cœur de sa passion.

Ne sois pas triste, pardonne mes erreurs
J'ai besoin de toi et de cette force
Qui à deux nous rend meilleurs
Et qui nous soude et nous renforce.

Ce lien qui nous unit est éternel
Parce qu'il est pur et sincère
Il est le souffle, la vie, l'immortel
Et il baigne dans la lumière.

Sèche tes larmes, je suis en vie !
Et je suis près de toi chaque jour
N'y vois pas là furieuse folie
Mais plutôt la Grâce de l'amour.

Ton cœur reconnaît ma parole
Parce qu'il connaît la vérité
Sans fioritures, ni paraboles
Il sait qu'il n'a pas rêvé.

Je suis vivant, n'en doute plus !
Ce rêve et ces mots en sont la preuve
Il y en aura d'autres, et de plus en plus
Jusqu'à ce que tu fasses totalement peau neuve.

Mon chemin s'est terminé, un peu tôt…
Mais le tien se poursuit par delà,
Tu vas devoir avancer et bientôt
Sans plus regarder derrière toi.

Tu as de belles choses à accomplir
Et je serai là pour t'y aider
Afin que l'on puisse, grâce à Dieu, vivre
L'amour dans deux réalités.

Reliés à jamais par le lien du cœur

Maxime »

C'est à peine croyable. Comment expliquer cela ? Comment est-ce possible ? Se jouerait-on de moi ?

– Comment as-tu su qu'il s'appelait Maxime ?
– Il a signé.
– Ma mère aurait pu te le dire aussi…
– Je ne les avais pas revus jusqu'à ce matin, donc impossible. Mais comment aurais-je su pour ton rêve ? Tu n'as pas eu le temps d'en parler à qui que ce soit puisque tu n'as même pas eu le temps d'y réfléchir seule.
– Comment sais-tu tout ça ?
– Jade, la vérité peut te paraître insolite, mais elle est telle qu'elle est. L'Homme connaît si peu de chose de l'univers, de lui-même et des grandes lois universelles que l'on peut tout imaginer. Laisse-moi te raconter comment ses mots se sont inscrits sur le papier.

Au centre où je travaille nous étudions, entre autre, la possibilité de communiquer avec les défunts. Cela paraît bizarre seulement les résultats ont prouvé qu'il s'agissait bien là d'un fait réel. Marie, notre intermédiaire et collaboratrice depuis trois ans, nous transmet des écrits surprenants qui, après expérience, ne peuvent venir d'elle-même car ils traitent de personnes ou de sujets dont elle ne soupçonnait même pas l'existence. Chaque jeudi, elle vient au laboratoire et tandis qu'elle trans-communique, nous analysons ses fréquences corporelles pour tenter de comprendre et d'expliquer ce phénomène. Si tu le désires, tu pourras consulter les rapports d'expérience et les textes jusqu'ici recueillis aux archives du centre. Ce matin, quelqu'un du nom de Maxime s'est manifesté et a laissé un message pour Jade. La pauvre ne savait même pas à qui s'adressait cet écrit, elle ne te connaissait pas ni ne savait où te trouver. Alors elle est venue dans mon bureau pour me faire part du mystère et j'ai failli pleurer.

Je restais interdite et contrebalancée entre l'envie d'y croire et la peur légitime de me leurrer.

– Sais-tu pourquoi je voulais pleurer ?

– Non.

– Parce qu'avec ce poème il a répondu à ma question, et ça m'a fait un bien fou.

– Quelle était ta question ?

– Je voulais qu'il sache ma sincérité envers toi et qu'il me fasse savoir s'il me trouvait assez digne pour t'aider... et c'est par mon intermédiaire qu'il te fait passer le mot.

– C'est extraordinaire et trop beau pour sembler vrai.

– Non, c'est la perfection de la Création. La mort n'existe pas. L'âme est immortelle. Le passage de la vie à la mort, et inversement, n'est autre qu'un changement de fréquences qui fait évoluer l'âme sur d'autres ondes en lui développant un autre état de conscience.

– A quoi ça rime tout ça ?

– Nous venons ici-bas, en basse fréquence, pour éprouver notre être afin de grandir et élever notre conscience. Pour cela nous nous incarnons dans un corps, nous réalisons une vie avec ses joies et ses peines, ses récompenses et ses leçons, ses expériences qui font de nous ce que nous sommes, dans le seul but de grandir, de s'élever pour un jour avoir la sagesse et la pureté d'atteindre la source divine.

– Donc Max a terminé ce qu'il était venu faire ?

– Oui, certainement.

– Et moi alors ? Je suis quoi dans tout ça ? Je ne compte pas ?

– Cela peut te paraître injuste, mais il y a une logique à tout ça…

– Oui, souffrir, en prendre plein la gueule…

– Nous ne sommes que des humains, et c'est pas facile de comprendre ce qui nous dépasse. Mais c'est pas pour autant qu'il faut tout rejeter et faire comme si de rien n'était.

– Je serais curieuse d'assister à l'une de ces expériences, avec Marie ?

– Quand tu voudras.

L'espoir de pouvoir lui parler, peut-être encore une fois, éclata dans ma poitrine comme une bombe, faisant jaillir avec elle l'énergie de l'envie, de l'amour, de la vie. Cela ne m'était pas arrivé depuis une éternité. Je me sentais apaisée, légère, heureuse. Je sentais Max me remplir le cœur de paix et de pur bonheur.

Thom resta manger vers nous. De mon côté, je ne voulais rien dire à mes parents parce qu'ils m'auraient peut-être crue folle de me bercer d'illusions. Et peut-être pas… Je ne sais plus quoi croire. Mes certitudes passées m'ont prouvé que j'ai eu tort de les suivre et je ne sais pas où recueillir les nouvelles. J'expliquais donc ma rencontre avec Mme Pinelli et le travail qu'elle a commencé sur moi, en guise de diversion.

– Elle m'a beaucoup aidée aussi, dit ma mère.

– Tu la connais ?

– Oui, une amie m'a parlé d'elle et j'avoue qu'elle m'a fait un bien fou.

– Tu ne me l'as jamais dit.

– Tu sais ma chérie, ne m'en veux pas mais tu ne sais plus rien parce que tu t'en moques, mais je te comprends malgré tout.

– Qu'est-ce que tu veux dire ?

– Je veux dire que notre fille Jade est morte elle aussi dans l'accident. Nous ne te reconnaissons plus. Tu te crois seule et tu ne nous vois plus ton père et moi. Dieu sait combien je te comprends car c'est une terrible épreuve que tu dois affronter, mais nous aussi nous souffrons de te voir dans cet état. Nous sommes totalement impuissants et ça fait mal.

– Oh ! Maman, papa. Pardonnez-moi de ne pas vous ménager. Vous avez été si formidables. Je ne veux plus rester au sol, il est temps pour moi d'affronter la vie. Je ne veux plus vous imposer cette image.

– Tu ne pourras jamais oublier ce qui s'est passé mais tu vas apprendre à vivre avec et ta douleur deviendra une force.

Elle me prit dans ses bras et je sentis l'amour inconsidéré qu'elle me vouait. Dans les bras l'une de l'autre, on pleurait. C'était l'un de ces instants profonds qui vous saisit, celui de la mère et de l'enfant qui se reconnaissent, où la peine dévastatrice fait enfin place à la douceur. Ma mère n'en pouvait plus de porter ce poids et elle a bien fait d'en parler afin de crever l'abcès. Ils m'ont tant protégée au détriment de leur personne qu'aujourd'hui leur regard a changé, il est empli d'une profonde tristesse. J'avais le sentiment d'ouvrir les yeux sur eux comme si je me réveillais enfin. Puis, les larmes ont laissé place aux rires et ce fut comme un jour nouveau où je redécouvrais mes parents. Mon père, bien que silencieux durant toute la scène, n'en avait pas moins les yeux rouges, bien brillants et le coin de l'œil un peu humide.

CHAPITRE 6

En arrivant devant chez madame Pinelli, je l'aperçus à travers ses carreaux, probablement de la cuisine, tenant un objet dans les mains. Sans attendre, elle donna la réplique à la sonnette tout en finissant de ranger sa vaisselle.

– Entrez, je vous en prie. Je ne suis pas en avance. J'ai terminé une consultation plus tard que prévu et me voici décalée. Comment allez-vous aujourd'hui ?

– Assez bien et je m'en étonne.

– Essayez de l'apprécier plutôt que d'en tenter l'analyse. Le Bien-être est une chose à prendre et non à comprendre. Mon petit, vous devez apprendre à vous poser les bonnes questions. Ne vous demandez jamais pourquoi vous l'êtes mais plutôt comment le rester le plus longtemps possible.

– Et comment fait-on ?

– Asseyez-vous, fermez les yeux et respirez profondément… Que ressentez-vous ?

– De l'excitation me parcourt le corps. Un flux turbulent déambule dans chacune de mes veines, m'irrigue et me transporte. Mon cœur est léger bien que plein à craquer de joie et béatitude.

– Imprégnez chacune de vos cellules de cette sensation, inscrivez la profondément en vous pour pouvoir, à loisir, vous y replonger. La plupart des gens cherchent en vain un havre de paix et parcourt parfois plusieurs centaines de kilomètres pour espérer le trouver. Malheureusement, pour celui qui cherche à l'extérieur il ne trouvera jamais rien. Pourtant, chacun possède en lui, dans son corps, ses organes, ses veines, son sang, son cœur : le Bien-être.

– Il est vrai que l'on ne se rappelle pas assez de ces choses là.

– Et pourtant elles ont le pouvoir de changer le cours de votre vie. Mais parlez-moi de vous.

– De moi ? Mais que voulez vous savoir ?

– Je ne vous demande pas la couleur du chemisier que vous portiez la semaine dernière ni où vous faites vos courses. Je veux que vous me parliez de vous, de ce que vous aimez ou pas et pourquoi, ce qui vous révolte, vous anime ou vous laisse froidement mourir d'insensibilité. Ce qui vous émerveille, vous interpelle, ce qui fait votre force et votre tempérament.

– Dans quel but ?

– Votre question me laisse penser que vous ne savez pas y répondre.

– Tout de même. Qui mieux que moi pourrait vous parler de moi ?

– Oh, vous savez, on m'a bien souvent prouvé le contraire. Certains ont peur de se voir tels qu'ils sont et cohabitent ainsi toute leur vie avec cet étranger qu'ils sont pour eux-mêmes, passant à côté du trésor que chacun possède.

– Et quel est-il ce trésor ?

– Comment ? Vous ne savez pas ? Nous sommes tous les riches héritiers du royaume de Dieu et il nous a laissé, à tous, au plus petit comme au plus grand, une fortune inestimable pour celui qui la comprend et cruelle pour celui qui la renie.

– Quelle est cette fortune ?

– La vie, l'amour, le bien-être, la paix, la béatitude, la créativité.

– Nous sommes pourtant peu nombreux à y goûter concrètement.

– C'est votre choix.

– Ah ! non, je ne suis pas d'accord. Je ne demanderais pas mieux mais tout n'est pas toujours aussi simple.

– Vous croyez ?

– Bien sûr.

– Selon vous, qu'est-ce qui vous empêche d'avoir accès à cette fortune ?

– Les événements de la vie, la société qui nous pousse de plus en plus loin dans le cynisme, le rythme de vie que nous adoptons…

– Qui êtes-vous, Jade ?

– Je… Je suis institutrice en classe de primaire.

– Quel âge ont les enfants dont vous vous occupez ?

– Les derniers avaient dix ans, les cm2.

– Pourquoi les derniers ?

– Je ne travaille plus depuis plus d'un an, maintenant.

– Donc vous n'êtes pas institutrice.

– Si, je…

– Non, mon enfant. Je veux savoir qui vous êtes à cet instant T et non pas qui vous étiez hier, je m'en moque. Nous sommes en constante évolution, rien ne reste jamais pareil. La seule permanence de l'univers est justement son impermanence éternelle. A chaque instant nous nous trouvons confrontés à des choix, des événements, des mécanismes que nous ne voyons pas toujours et nous sommes contraints d'évoluer sous leur poids car chaque chose a un message à nous délivrer, qui nous sert à nous construire.

– Que faire quand le message nous dessert ?

– Il ne vous dessert que si et seulement si vous le voyez comme tel. Lorsqu'il fait nuit de notre côté de la planète, il fait jour de l'autre côté n'est-ce pas ? Il fait donc toujours jour et nuit, à chaque instant, seul change le côté où nous observons. Il en va de même des événements. Si vous vous arrêtez à l'aspect négatif des choses, vous ne verrez plus que ça et ne pourrez plus vous en sortir. Et ce sera l'escalade vers le négatif. Mais au contraire, si vous vous efforcez de voir le bon côté des choses, même s'il ne saute pas aux yeux il est là, à force vous ne verrez plus que ça et en oublierez le reste. C'est ainsi que les choses avancent.

– Ça me paraît simplet comme raisonnement.

– Faites-en l'expérience.

– L'expérience de quoi ?

– Prenez un événement de votre enfance, choisissez une anecdote significative qui vous a appris quelque chose d'important sur vous.

– J'avais un ami à l'école primaire que j'aimais beaucoup. Nous jouions souvent ensemble, nous parlions beaucoup. Je ne connaissais encore pas la notion de confiance, du moins pas consciemment, et j'étais à mille lieux de penser qu'il aurait pu me nuire. Et pourtant, au fil des mois, ses secrets n'étaient que mensonges et notre amitié n'était que du vent. Issu d'une famille aux mœurs spéciales, il répétait involontairement le schéma appris de ses parents. Toutes ses paroles étaient un tissu de mensonges, autant pour l'insignifiant que pour l'important. Quand son masque est tombé j'ai été bouleversée car j'ai compris trop tard que j'avais été manipulée. Je lui en ai voulu et puis j'ai compris qu'il répondait seulement à ce qu'il connaissait, croyant son comportement normal. Depuis, je suis allergique aux mensonges, à la fausseté, car l'illusion est une perte de temps.

– C'est très bien. Vous avez su prendre du recul sur cette histoire, mis vos affects de côté et vous avez compris le mécanisme qu'il a opéré en vous. Vous devez en faire autant à chaque situation de votre vie, car elle vous a forcement enseigné des choses. En quoi est-ce bien d'être allergique à ça ou autre chose, on s'en moque, ce qui compte c'est d'en être conscient et d'en comprendre les raisons profondes. Si c'est un mécanisme qui apporte de la douleur, sa compréhension peut, si on le souhaite, l'éradiquer de notre palette comportementale.

– Il y a des leçons plus faciles à tirer que d'autres.

– Cela dépend de vous, encore une fois. Sachez que l'histoire se répétera tant qu'elle n'aura pas été comprise. Vous savez le hasard n'existe pas, c'est le pseudonyme qu'emprunte Dieu lorsqu'il veut passer incognito. Tout sert, tout est calculé et croyez moi tout est parfaitement orchestré. Vous vous retrouvez face à un événement, bon ou mauvais, pour apprendre encore davantage sur vous. Les situations quotidiennes testent votre personnalité, votre entendement et votre sagesse. N'oubliez pas que nous devons tous tendre vers cette perfection de la conscience que l'on nomme aussi la sagesse divine.

– En quoi le fait d'avoir un accident peut-il être constructif pour un individu ?

– Réfléchissez. L'accident signifie la cassure nette et prononcée, le changement ou plutôt l'invitation au changement, l'opportunité d'une éventuelle prise de conscience. L'accident rappelle à l'homme le prix de sa vie mais aussi sa finitude qui peut survenir à chaque instant. Ce n'est qu'un alibi que l'on se donne pour évoluer, changer sa vision du monde, se réveiller à l'univers.

– Je ne saisis pas très bien. Pourquoi dites vous que l'on se donne et qu'entendez vous par se réveiller à l'univers ?

– Vous apprendrez bientôt les grandes lois de l'univers et vous répondrez ainsi vous-même à vos questions. Pour le moment tout est flou. Vous êtes au seuil de la porte spirituelle, vous avez fait un pas vers elle et vous avez vu d'autres portes à l'intérieur. Vous ne pouvez pas les ouvrir en même temps. Une par une, pas à pas vous avancerez sur le chemin de la connaissance. Il est impossible de tout savoir et tout comprendre en quelques secondes, prenez le temps d'observer et d'assimiler. La vérité est inscrite en chacun de nous. D'où nous venons, ce que nous venons faire sur terre…

Mais notre incarnation, ou plutôt notre incorporation a effacé cette conscience volontairement afin de recouvrir par le chemin de la vie, l'ultime vérité. Et croyez-moi ce n'est pas un mal. Comment pourrions-nous supporter de vivre ici-bas en se rappelant ce qui se passe là-haut ? Nous ne pourrions pas jouer le jeu. Merci à Dieu de nous avoir fait ce cadeau d'amnésie temporaire, et celui du libre arbitre. Ainsi, libre à nous d'être bon et juste ou vil et mesquin, nous avons le choix et le devoir de l'assumer. Mais en voilà assez pour aujourd'hui. Vous allez vous allonger et nous allons commencer le travail.

– Mais j'ai encore beaucoup de questions à vous poser !

– Notez-les et vous y répondrez plus tard.

Elle était douce et faussement autoritaire, mais je ne voulais pas la contrarier. J'obéis. Elle déposa son icosaèdre sur mes points d'énergies et réitéra le travail de la veille. Puis elle me fit travailler avec d'autres pierres tels que le quartz rose, l'améthyste, la malachite et d'autre encore. Avant de partir elle me confia un pendentif en lapis-lazuli.

– Revenez dès que vous en ressentirez le besoin. Et tenez, ceci est un petit cadeau qui peut vous aider à reprendre goût à la vie.

– Merci, Martine, merci beaucoup ?

– Oh, ce n'est pas grand chose. Mais forcez-vous maintenant à écouter vos sentiments et vos sensations. Tâchez d'être pleinement consciente, à chaque instant, de ce que vous êtes et de ce que vous ressentez. Nous en reparlerons si vous le souhaitez.

L'après-midi était déjà bien entamée quand nous prîmes congé d'elle. Une fois dans la voiture, Thom semblait soulagé. Je n'en saisissais pas la raison mais je ne voulais pas chercher à comprendre, seulement apprécier. Il était serein et je me sentais bien.

– Que veux-tu faire ?

– Tiens, aujourd'hui tu prends le temps de me demander ?

– Tu vas pas t'en plaindre ?

– Non, pas du tout. Alors, je voudrais rencontrer Marie.

– Si tu veux, allons-y.

CHAPITRE 7

Impatiente et anxieuse, je me laissais une fois encore mener, à la recherche d'un quelconque espoir ou d'une petite branche à laquelle me raccrocher. Ça semble fou, mais mon cœur est décidé à creuser la question, afin de pouvoir trancher objectivement. J'entends déjà certain se dire « pauvre fille, elle ne sait plus à quoi se raccrocher », peut-être… Mais j'ai besoin de tout tenter pour savoir où je vais, et puis on dit souvent que jamais personne n'est revenu d'entre les morts pour nous raconter, mais qui sait ? Les a-t-on entendus ?

Cela dit, il est trop tôt pour en parler, voyons ensemble ce qui nous attend.

– Tu ne la préviens pas de notre venue ?
– Non, ce n'est pas la peine, je sais qu'aujourd'hui elle ne sort pas.

Il gara la voiture dans la cour d'une petite maison chaleureuse et accueillante. Plus de mille couleurs inondaient le jardin dans un spectacle à la fois merveilleux et reposant. Marie lisait en terrasse tout en sirotant une citronnelle bien fraîche. Elle semblait pétillante d'énergie et d'être auprès d'elle me détendit aussitôt. Elle serra Thomas contre elle pour le saluer, ce geste témoignait la grande affection qu'elle lui portait, sans savoir quelle histoire avait créé cette relation.

– Je vous en prie, asseyez-vous.
– Merci.

Elle resta un long moment à me regarder sans que cela ne soit gênant. On aurait dit qu'elle s'imprégnait de vous, pour tenter de percevoir votre intérieur. Elle nous servit un verre et entama la conversation.

– Vous êtes la jeune fille à qui s'adressait le message de ce matin, n'est-ce pas ?

– Comment cela s'est-il passé ?

– Attendez ! Ne soyez pas pressée. Tout d'abord, laissez moi vous raconter mon histoire, comment ma vie a basculé à l'annonce de cette nouvelle. Ne vous méprenez pas, mon but est de témoigner et non de vous convaincre à tout prix. Je ne peux parler que de ce que je connais intimement, ainsi je ne peux que vous parler de mon histoire. Il y a cinq années maintenant, j'ai perdu mon frère jumeau, il s'est suicidé. Lorsque la police m'a prévenue j'ai cru me voir mourir à cet instant. Comment imaginer que nous, jumeaux, nous ne puissions mourir ensemble ? Pourquoi n'avais-je rien senti ? Pourquoi n'ai-je rien tenté pour le sauver ? J'avais en permanence le sentiment d'avoir eu les tripes et le cœur arrachés. Mais compte tenu de sa fin tragique et peu catholique, je n'ai cessé de prier pour lui afin qu'il puisse trouver la paix et baigner dans la lumière. A chaque instant, je lui envoyais des pensées d'amour pour son bien-être, sans jamais juger son acte, en lui pardonnant sa faiblesse. C'était essentiel pour son salut. Je ne vous parlerai pas de la douleur et de la culpabilité qui vous assiègent en permanence et vous pèsent tel un boulet. Je ne vous dirai pas le nombre de fois où j'ai pleuré, me sentant seule et abandonnée. J'avais besoin de lui, je voulais lui parler encore, le voir, je refusais la réalité. Plus les jours passaient et plus je me surprenais à lui parler. Peut-être que d'où il était il pouvait m'entendre ? Alors je lui ai demandé de me faire un signe si tel était le cas. Sans trop savoir à quoi m'attendre, j'ai oublié ma requête faite à ce frère disparu et ai passé ma journée comme si de rien n'était. J'avais rendez-vous ce jour là chez mon médecin pour un vulgaire rhume. Dans la salle d'attente se trouvait une jeune femme qui accompagnait sa fille pour je ne sais quel problème. Nous échangeâmes quelques mots puis, loin de toute attente, elle me dit : « Nous ne sommes jamais seuls, il y a toujours un être cher qui veille sur nous, un père, un ami, un frère… ». Le docteur entra dans la pièce, mon tour était venu. Ces paroles ont frappé mon cœur telle une flèche bien visée, faisant résonner en moi un écho d'émotion et de vertige. Une partie de moi voulait croire qu'il m'avait parlé, mais l'autre, la part la plus rationnelle de mon être me prévenait de la folie de me leurrer. Quelques jours plus tard, mon téléphone portable se mit à entonner quelques notes de sa mélodie avant de se muer dans le silence à nouveau. Je le sortis de mon sac pour connaître le nom de l'émetteur et, contre toute attente, à la place du nom du réseau se trouvait le prénom de mon frère : Grégory. Après quelques secondes, tout rentrait dans l'ordre. Plus j'étais attentive et plus ces petits signes abondaient. Un jour, tandis que je conduisais, la voix de Greg a retentit dans ma tête et me délivra un message : « Petite sœur, il te faudra bientôt faire preuve de beaucoup de Courage, de Patience et de Persévérance. » Je me souviens m'être arrêtée sur un parking, abasourdie, ne sachant plus quoi penser. Je suis descendue de la voiture, sans savoir où j'allais, mon allure semblait décidée, j'étais comme guidée ou téléguidée. Je me regardais faire mais ne comprenais pas ce qui me poussait à agir ainsi. C'était incroyable. Je suis rentrée dans une librairie, m'engageai dans un rayon précis et pris un livre, rangé au hasard sur une certaine étagère. Je ne connaissais pas ce lieu et n'ai pas une seconde regardé ce que j'achetais. J'ai payé le livre et suis retournée à la voiture. J'avais le sentiment d'avoir perdu le fil pendant quelques instants. Tout en m'interrogeant je sortis le livre de son sachet et j'ai pleuré à la vue du titre, Dîtes-leur que la mort n'existe pas ! écrit par le père François Brune, représentant de l'église catholique et non ressortissant d'une quelconque secte. J'étais stupéfaite. Mon cœur reconnaissait désormais la survivance de mon frère et son interaction avec le monde terrestre. Il pouvait me parler d'où il était ! J'étais toute excitée à l'annonce de cette vérité. Au fur-et à-mesure que je dévorais le livre, ma vie prenait une dimension toute autre, de plus en plus spirituelle. Puis j'ai lu d'autres livres, qui m'ont conduit à réaliser d'autres expériences, à comprendre de plus en plus de choses dont une en particulier, c'est que plus vous en savez plus il vous en reste à apprendre. J'aimais me laisser guider, observer tous les signes de la vie qui vous aident à avancer sur votre chemin. Désormais, grâce à Dieu et au moyen de l'écriture automatique je passais presque chaque soir à discuter avec Greg. J'ai des classeurs entiers de messages de paix et d'amour. Il nous a guidés depuis son départ et ne nous a jamais induits en erreur depuis lors. Et même si sur le coup nous ne comprenions pas ces messages, tôt ou tard, ils se sont tous révélés être justes. Il m'a toujours soutenue, même à la mort de maman, quatre mois après la sienne. C'était le sens de son message qui parlait de courage, de patience et de persévérance.

– Ça paraît fou !

– Pourquoi ? Parce que ça remet beaucoup de choses en question ?

– Ça change tout !

– Mais c'est en vue d'un bien. Voyons, si notre spiritualité actuelle était la bonne, le monde tournerait mieux. Or, c'est le chaos.

– Mais comment savoir que c'est la bonne façon d'évoluer ?

– Avant d'en arriver là nos prédécesseurs ont dû essayer. Comment savoir qu'une chose est bonne si on ne l'essaie pas ? De chaque expérience l'Homme en ressort grandi, parce qu'elle lui apprend des choses sur lui-même et sur la vie.

– Je suis d'accord avec vous mais je suis perdue aussi. J'ai peur de m'accrocher à l'illusion et de le perdre encore une fois.

– Il n'est pas perdu, il est à vos côtés. Il appartient au monde invisible, c'est la seule chose qui ait changé.

– C'est pas la moindre !

– D'accord, mais n'oublions pas que l'expérience terrestre n'est que la nuit qui sépare deux journées.

– Peut-être pas !

– Alors tout ceci n'aurait aucun sens ? Des hommes naissent, vivent et meurent dans le seul but d'être torturés et sans que cela ne serve à rien ? Réfléchis, tout dans l'univers dépasse l'Homme. De la nature au climat, il y a cette science parfaite qui fait que la vie est possible, et tout cela sortirait du néant total ? Peut-être dans un sens, mais c'est évident qu'à la base se trouve une énergie d'intelligence suprême qui génère, gère et contrôle tout ça. Cette source, je l'ai appelé Dieu. Mais tout ceci dépasse de loin l'entendement humain alors il nous est difficile de l'assimiler. Mais ce n'est pas parce que l'on ne connaît pas une chose que cette chose n'existe pas.

– C'est une version. Votre version.

– Je te l'ai dit, je ne cherche pas à te convaincre, j'ai mes raisons d'y croire, cela me suffit. J'en ai fait l'expérience, donc mon opinion est réfléchie, et basée sur un ressenti et des événements inexpliqués rationnellement. Tu feras ta propre expérience qui te conduira à tes propres opinions. Tu es libre d'y croire ou non. J'avoue que si cela ne m'était pas arrivé, j'aurais eu toutes les peines du monde à le croire. Au premier regard ça paraît dingue, mais plus tu chercheras à comprendre, à voir et à entendre, plus la vérité t'apparaîtra comme la seule évidence possible, parfaite dans sa simplicité la plus totale.

– Je m'y perds un peu.

– C'est normal, combien de choses nous sont encore inconnues? Qui peut prétendre comprendre et connaître toutes les lois qui régissent l'univers? L'entendement humain en est-il seulement capable?

– Est-ce vraiment utile que de le savoir?

– Réfléchis. N'as-tu pas envie de comprendre ce qui t'est arrivé pour mieux vivre et pouvoir avancer? Ne t'ais-tu jamais demandé où pouvait-il être? Comment? et toi? Où es-tu et qu'y fais-tu? Crois-tu que rien n'ait un sens au point de vivre sans raison? Crois-tu qu'il n'y est aucun lien entre le monde visible et invisible? Mais d'abord, crois-tu en Dieu?

– Je ne sais plus.

– La meilleure façon d'être fixé est d'en faire l'expérience.

Un éclat de voix s'échappa de ma gorge tant la conversation prenait un chemin insolite.

– Vous riez comme j'ai ri, c'est normal. C'était peu de temps après la mort de mon frère, je me posais toutes sortes de questions, je me sentais mal, frustrée de ne rien comprendre et de souffrir, blessée dans ma chair. J'étais au travail, quand subitement, n'en pouvant plus, je me suis mise à parler à Dieu en personne. J'ai prié avec mon cœur, sans réciter aucun texte saint. Je lui ai demandé qu'il me prouve son existence, si tant est qu'il soit l'esprit suprême il devait être capable de soulager la douleur qui meurtrissait mon cœur. M'avait-il entendue? La journée se passa mieux que jamais. Je me sentais apaisée, triste mais mon cœur n'avait plus mal, il ne saignait plus. Par moment, en repensant à ma conversation avec l'éternel, je recevais une décharge violente de paix et d'amour dans le cœur, comme s'il allait exploser de bien-être. Je vous le décris le mieux possible mais les mots me manquent, ils sont trop incomplets dans ce genre de situation. Un peu plus tard, je rencontrais dans l'ascenseur une personne, nous échangeâmes quelques mots sans nous connaître, puis, arrivé à son étage, prêt à sortir, il se retourna et me dit: « bonne journée et sachez que Dieu est toujours avec nous. » Il disparut et la porte se referma. Ces mots peu courants dans nos sociétés modernes étaient la preuve qu'il m'avait entendue et exaucée. Mon cœur ne cessait de battre la chamade et ma conscience commençait son ascension spirituelle.

– Je suis tentée de vous croire tant l'amour et le bien-être se dégagent de vous. On se sent si bien à vos côtés.

– Ne fais jamais l'erreur de croire une chose parce que la personne qui te la raconte te semble sincère. La vérité apparaît à chacun lorsque l'on est prêt à la recevoir. Mon témoignage n'est qu'une lumière parmi d'autres. Il est pour toi l'occasion de t'ouvrir sur une autre dimension, à la recherche de tes propres preuves, et sans chercher à te convaincre.

– Sans le rêve de Maxime et le message de ce matin, je n'aurais pas voulu y croire, même pas une seconde. Mais là…

– Souhaitez-vous que nous l'appelions ensemble ?

– Je n'osais pas vous le demander.

– Suivez-moi, allons dans mon bureau.

CHAPITRE 8

On traversa tous les trois la maison pour pénétrer dans une pièce au fond du couloir.

– Voici ma salle de travail. Ici, je me sens bien.
– Vous avez de très belles pierres.
– Oui, elles me sont très utiles.

La décoration était simple mais harmonieuse. Sur chaque étagère, des minéraux, des livres, des petits anges. Aux murs, des textes d'une incroyable générosité, sur la vie, la chance, la mort. Dans un coin, le bureau, de l'autre côté, un divan et au centre, deux tabourets qu'elle nous proposa aussitôt. Elle sortit d'un écrin de velours un bâtonnet d'encens qu'elle alluma. Un doux parfum apaisant s'en dégagea et elle renouvela l'expérience avec cette fois deux bougies blanches, placées d'une extrémité à l'autre du bureau. Elle saisit un bloc de feuilles et un stylo, puis ferma les yeux. J'étais impressionnée. Cela ne ressemblait en rien aux séances de spiritisme auxquelles j'avais participé avec des copines au lycée. Un court instant se figea dans le silence quand elle commença à écrire.

« Bonjour à vous trois, je suis heureux d'être avec vous. Jade, je suis fier de toi, mon amour. Je ne sais si de mon vivant je me serais prêté au jeu, comme tu le fais en ce moment. Je te remercie mille fois de le faire. Je comprends ta peur et ton angoisse d'admettre que c'est possible, mais tu dois apprendre à nous faire confiance. Tu te demandes si c'est bien moi ? C'est légitime. Jade, je t'ai fait une promesse un jour dans le désert, avec pour seuls témoins Dieu et le soleil, celle de t'aimer et de toujours te protéger, quoiqu'il arrive. Je la tiendrai, d'où je suis et avec l'aide de

Dieu. Ecoute mon ange, rien n'est hasard, tout dans l'univers a un sens et une finalité avec toutes les conséquences que cela entraîne. Il n'y a aucune place pour le hasard, ce n'est qu'un synonyme qu'emprunte Dieu pour passer inaperçu. Autrement dit, il n'y pas de hasard dans ce qui m'est arrivé, ni dans notre rencontre, ni dans chacune des rencontres que tu as faites ici-bas. Si rien n'est hasard, alors tout est programmé ? Pas exactement, j'explique : il y des lois qui ont été préétablies afin de régir l'univers et chaque particule d'énergie qui circule dans cet univers y est soumis et donc contrainte de les respecter. Passer outre romprait l'équilibre initial et entraînerait le désordre, soit les conséquences. En décidant de venir t'incarner sur terre tu as fait le choix de te confronter à ces lois en oubliant quelles sont elles justement. Tu es venue accomplir une mission, comme chacun d'entre vous ici-bas, et tu as mis sur ta route les gens qui te seraient nécessaires à la réalisation de ton objectif. Moi j'en fais partie, comme Thom qui t'a conduit jusqu'à Marie qui te permet d'accéder jusqu'à moi. Vois la merveille des choses. J'ai entendu ta question Jade. Pourquoi est-ce nous qui décidons de notre parcours ? Parce que Dieu te laisse le libre arbitre quant aux expériences que tu veux éprouver. D'où je suis je te guiderai sur la route que tu t'ais choisie. Crois-moi, tu as de grandes et belles choses à faire. Je ne peux pas trop en dire mais tu es un ange descendu du ciel pour panser le cœur des hommes. Je ne doute ni de ta réussite ni de ton bonheur.

Si tu voyais comme tout ce qui m'entoure est beau. Ici, il n'y a plus de haine, plus de colère, de guerre, il n'y a que l'amour. C'est indescriptible avec vos mots. Il n'y a plus de temps et d'espace, il n'y a que la pensée. Vous pensez à moi et je suis là, je pense à un lieu et je m'y retrouve. C'est immensément incroyable, ça dépasse votre entendement. Je suis heureux, je suis utile aux autres, je protège mes proches, j'accueille les accidentés de la route qui, comme moi, ne comprennent pas tout de suite qu'ils sont morts. Tu vois, le repos éternel est lui aussi un leurre. »

Je me levai aussitôt, agacée et même irritée par la scène que j'avais sous les yeux. Mon dieu, je deviens folle, pensais-je intérieurement. Et Marie continuait de coucher sur le papier ce qu'elle entendait, à sa façon à elle.

« Non tu n'es pas folle. Ta réaction est normale. Tout semble dingue et pourtant c'est la vérité. La mort n'existe pas. Il n'y a pas de finitude pour l'âme mais seulement pour le corps. Nous avons tous besoin des autres pour accomplir le grand Œuvre, l'incroyable création. Ton cœur sait au plus profond d'où il vient et pourquoi il est venu. Nous connaissons tous la vérité mais nous l'oublions en nous incarnant, sinon la mission de s'en rappeler serait impossible et faussée. Mais pour répondre à ta question quant à la véracité de tout ceci, cela s'appelle la foi. Si tu crois sans preuve, tu obtiendras en abondance. Que te dit ton cœur ? Ecoute-le toujours car lui seul sait où tu vas.

Je dois vous laisser maintenant. Je t'aime ma princesse et serai toujours à tes côtés, pour l'éternité.

Toujours reliés par le lien du cœur »

MAX

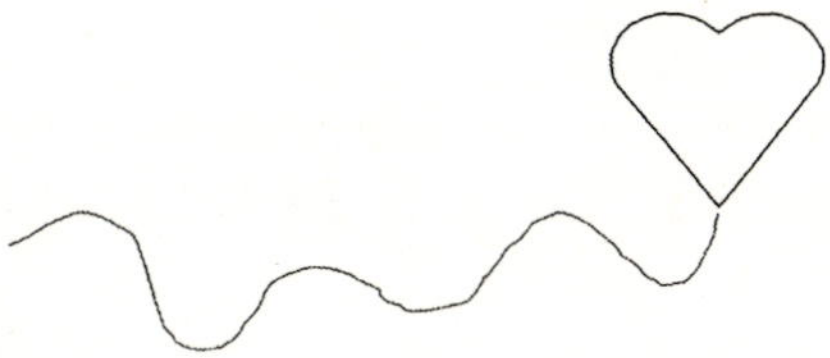

J'ai relu la lettre à voix basse puis restai muée dans l'un des ces silences inquisiteurs qui ne trompa personne.

– Comment vous sentez-vous Jade ?

– Mal. Je me sens monter en pression et je redoute le moment où je vais exploser. J'aurais voulu ne jamais participer à cette expérience, ne jamais vivre ce cauchemar.

– Je comprends, cela est tout nouveau pour vous. Mais vous êtes libre de croire ou non à cette vérité.

– Je veux bien croire à tout ça, mais je n'ai jamais ressenti autant de frustration. Voir un stylo bouger plutôt que de le voir lui, le toucher, ne pas entendre un seul mot de ce qu'il vous raconte. Pour la première fois, je sais l'avoir perdu, du moins dans ma réalité.

– Oui, mais rendez-vous compte de la chance que vous avez de pouvoir recevoir des petits signes de sa part et des clins d'œil. Tout n'est pas totalement fini, une nouvelle histoire commence. Désormais il n'est plus le centre de votre vie, mais il est aux premières loges et il vous guide. Il contribue à votre évolution intérieure, il parle à votre cœur et même si vous n'en êtes pas consciente, votre cœur l'entend.

– Mais qu'en est-il de notre amour ? De sa peau, de sa façon de me parler…

– Jade, tu dois admettre que votre relation se propose d'évoluer sur d'autres sphères. Tu dois absolument lâcher prise sur la réalité à laquelle tu t'accroches depuis trop longtemps. Dieu te propose une nouvelle relation et pour voir le miracle tu ne dois plus regarder vers ce que tu as perdu mais plutôt vers ce que tu as gagné.

– Pardonnez-moi Marie, mais je vous en veux parce que c'est à vous qu'il parle, moi je ne suis que spectatrice.

– Penses-tu que tes parents t'ont volé la terre parce qu'ils ont posé leurs pieds avant les tiens ? Non, parce que tu n'as pas mal jugé leur volonté de te montrer comment faire à ton tour.

– Possible.

– Sache que je comprends tes peurs et tes angoisses pour les avoir vécues aussi, mais sache aussi que l'on ne peut juger un tableau si on n'en voit qu'une partie.

– Ça semblait magnifique de pouvoir lui parler à nouveau mais…

– Tu t'attendais à reprendre ta conversation où tu l'avais laissée, sans prendre en compte les bouleversements opérés. C'est ça ta frustration. Tu croyais reprendre le fil de ton histoire et tu viens de comprendre qu'on t'en offrait une autre. Aucun miracle ne te fera revivre avant l'accident, mais beaucoup d'autres t'attendent par delà. Tu dois accepter le changement des choses et console-toi de ne pas vivre dans le néant total. Tu peux communiquer avec Maxime.

– Oui, mais je ne pourrai plus le toucher et le voir…

– Pardonne-moi d'être aussi dure, mais là tu pleures sur ton nombril. Nous sommes tous humains et il est normal de pleurer son chagrin. Mais n'est-ce pas aussi une façon de se cacher derrière sa peur, la peur d'être seule et de devoir continuer son chemin sans savoir ce qu'il nous réserve encore. Ecoute Jade c'est là qu'opère le miracle. Tu n'es pas seule, jamais. Comme Maxime l'a dit, il est là pour te guider vers ta destinée, c'est-à-dire ce pour quoi tu es venue.

– Pensez-vous qu'un jour je puisse l'entendre à mon tour ?

– C’est une évidence qui ne dépend que de toi.

– Mais tout ça semble si incroyable et tout est si confus dans ma tête.

– Werner Erhard, un écrivain, a déclaré que la véritable clarté ne peut venir que lorsque quelqu’un est prêt à remarquer : « il y a quelque chose que je ne connais pas, et le fait de le connaître pourrait tout changer. »

– Je vois ce que vous voulez me faire entendre. Je tâcherai d’y réfléchir.

– Justement non. N’y réfléchissez pas trop. Laissez la vérité parler à votre cœur sans que votre raison ne vienne brouiller le message, et vous verrez.

– Merci Marie pour tout le temps que vous m’avez accordé.

– Je vous en prie, pas de ça entre nous. Ma porte vous est grande ouverte, n’hésitez pas à venir me voir si vous en éprouvez le besoin.

– Merci et à bientôt.

Et nous partîmes, Thomas me reconduisit à la maison car il avait beaucoup de travail à terminer.

CHAPITRE 9

Tandis que je me prélassais dans le somptueux jardin de mon père, ma mère m'apporta le téléphone en précisant qu'il s'agissait de Thomas. Cela faisait deux jours que je n'avais pas eu de nouvelles, et j'en avais profité pour me reposer, prendre un peu de recul sur les événements de ma vie. Je me sentais bien, comme si j'étais enfin libérée du poids qui m'accablait depuis si longtemps. J'étais en passe d'accepter la réalité. Je venais enfin de comprendre que je n'avais pas le choix, qu'il me fallait aller de l'avant. Une force semblait me projeter dans la lumière et m'aidait à redécouvrir les beautés de la vie. Comment ai-je pu être aveugle aussi longtemps, et ne plus prendre le temps d'apprécier un chant d'oiseaux, les fleurs et les senteurs… tout, tout ce qui fait le charme de la vie…

– Allo !
– Salut ma belle, c'est Thom. Comment vas-tu ?
– Je me sens bien merci, et toi ?
– Ça va. Ecoute, Quentin, le petit garçon de l'hôpital s'est réveillé ce matin…
– C'est vrai ! Mais c'est génial ! A-t-il des séquelles dues aux coma ?
– Non. Il va très bien. Je suis avec lui et il insiste pour te voir.
– Moi ? Mais pourquoi, il ne me connaît pas. Ce ne serait pas encore une de tes combines pour me faire entendre quelque chose ?
– J'ai été le premier surpris, et il refuse de me dire quoi que ce soit de plus tant que tu ne seras pas là. Tu peux nous rejoindre ?
– Là ! Maintenant ! A l'hôpital ? Je.
– S'il te plaît. J'ai un enfant de dix ans devant moi qui est aussi déterminé qu'un adulte obtus pourrait l'être.
– Bon, bon, d'accord, j'arrive.
– Tu es un amour. Je t'attends dans le hall.

– A tout de suite.

Le temps pour moi de prendre mes affaires, demander à mon père de me déposer, et nous voici arrivés. Thom était là, il semblait heureux de me voir. Après avoir salué mon père, nous montâmes aussitôt dans la chambre du petit, faisant malgré tout un petit détour par le distributeur pour prendre quelques boissons. Une fois devant la porte, Thom frappa en jouant la même mélodie que la première fois, sauf que là, une voix nous répondit.

– Entrez ! Super, j'avais trop soif, dit-il en voyant les canettes. Bonjour Jade, je suis content que tu aies pu venir.
– Bonjour Quentin, je suis heureuse de te savoir à nouveau parmi nous.
– Je suis le voisin préféré de Thom, il t'a déjà parlé de moi ?
– Euh… Un peu, oui.
– Il t'a dit que je le battais toujours au basket-ball et même aux jeux de consoles que j'ai ?
– Ça, c'est parce que tu t'entraînes toute la journée, alors c'est facile, dit Thom pour tenter de se défendre.
– Oh, la bonne excuse.
– Dis-moi, Quentin, pourquoi as-tu insisté pour que je vienne te voir, alors que l'on ne se connaît pas tous les deux ?
– Mais si, t'as oublié ? Tu es venue l'autre jour…
– Mais voyons, tu étais…
– Laisse-moi te raconter l'incroyable voyage que j'ai fait. Assieds-toi, j'ai plein de choses à te raconter, mais commençons par le début. Je jouais devant chez moi, dans la rue, quand un bruit phénoménal retentit dans mes oreilles, puis, plus rien. Aujourd'hui, je sais que le bruit n'était autre que la voiture qui m'a percuté, mais comme je lui tournais le dos je ne l'ai pas vue venir. J'ai dû rester un long moment inconscient car c'est le trou noir total dans ma tête, jusqu'à ce que les médecins aient fini de m'ausculter. Je me trouvais dans la pièce, je flottais dans les airs, et je voyais mon corps étendu sur le lit, relié à toute une série de machines. Je ne comprenais pas ce que cela signifiait. Mes parents étaient là, les yeux trempés à chacune de leurs visites. Je leur parlais mais ils ne m'entendaient pas. Maman ne craquait jamais devant mon corps, mais sitôt la porte fermée, elle sombrait dans une crise de larmes infernale. Je ne savais pas ce qui était en train de

se passer, je me rappelle seulement ne pas avoir eu peur. Même lorsque j'ai entendu les médecins prononcer leur diagnostic. J'ai ensuite profité de mon extrême légèreté pour visiter l'hôpital. D'ailleurs, comment va la dame au bout du couloir, Helena ? Son cœur est triste parce qu'elle ne reçoit jamais aucune visite. Elle n'a plus de famille Thom ?

– Je ne sais pas mon grand.

– J'aimerais aller la voir, mais je dois d'abord finir de vous raconter mon aventure. Je me souviens avoir demandé en mon fort intérieur s'il existait une personne capable de m'entendre… Une incroyable lumière envahit la pièce et une main me toucha l'épaule.

– Qui était-ce ? demanda Thom.

– Tu es trop pressé, tes questions t'empêchent d'avoir les réponses aussi vite que tu le voudrais. C'était Mady ma grand-mère, morte il y a maintenant deux ans. Elle était si belle… Elle m'expliqua ce qui m'est arrivé et la façon dont elle veillait sur moi de là-haut.

– Mais, s'il n'y a que toi qui puisse m'entendre ça veut dire que je suis mort moi aussi ?

– Non mon chéri. Tu es entre deux réalités. Ton âme s'est exilée pour un temps de ton corps. C'est dû au choc. Et cela te permet de préparer ton retour.

– Je ne comprends pas. Qu'est-ce qui va m'arriver ? De quel côté vais-je finir par pencher ? Je ne peux pas rester comme ça ?

Là, elle m'expliqua l'état de mon corps physique, et donc la paralysie qui gagnait mes jambes. Je ne devais pas être triste car cela m'apprendrait beaucoup de choses précieuses, et qu'avec beaucoup de foi et d'amour, je pourrai guérir. Puis, une musique nous interrompit, quelqu'un était à la porte, c'était vous. Quand tu t'es approchée de moi, Jade, et que tu as pris ma main, j'ai vu un monsieur se tenir près de toi. Il s'appelait Maxime et c'était ton fiancé. Puis, il m'a dit que tu étais mon ange et que tu saurais me guérir, même si tu t'entêterais à le nier. Il m'a aussi dit qu'il t'aimait comme un fou et qu'il serait ton guide sur la route qui t'attend. « Elle est un ange, elle est ta chance » a-t-il répété plusieurs fois, il t'a embrassé le front et s'est retiré. Tu me crois n'est-ce pas ?

– Je ne sais pas. Que tu aies vu Maxime est une chose qui ne serait pas si surprenante compte tenu de tout ce que j'ai pu voir et entendre ces derniers jours, mais je ne crois pas un mot de ce qu'il a pu te dire. Je ne suis ni un ange, ni une chance.

– Alors, laisse-moi finir et tu verras après. Où en étais-je… Ah, oui. Il s'est donc retiré, maman est arrivée et vous êtes partis à votre tour. Grand-mère était toujours près de moi et sa présence me rassurait. Elle prit ma main et m'emmena je ne sais comment dans un endroit magique. La nature était si belle, les couleurs étaient chaudes et une envie incroyable de la peindre pour la partager avec d'autre m'envahit. Ça a eu sur moi l'effet d'une bombe.

– Tu sais Quentin, me dit grand-mère, si tu avais tes jambes tu courrais trop vite et tu risquerais de ne pas voir ce qui doit. Rien n'est vain, tout est nécessaire pour l'accomplissement de ton destin. Du haut de tes dix ans ça ne doit pas être très clair mais ces mots résonneront bientôt dans ton cœur parce que tu as cette faculté de comprendre sans voir, de croire sans savoir. Je suis fière de toi mon chéri, et je serai toujours à tes côtés pour te guider. N'oublie jamais que le plan de Dieu est parfait et que toute chose a sa raison d'être. Et quand il t'arrivera de te sentir seul, rappelle toi que je ne suis jamais très loin de toi, et si tu ouvres ton cœur tu entendras mes réponses.

– C'était qui le monsieur tout à l'heure ?

– La preuve que je ne te mens pas. Une fois notre mission sur terre terminée nous veillons sur nos proches et nous les guidons du mieux possible sur la route qui est la leur.

– Alors c'est vrai que Jade est un ange ?

– Pas comme tu pourrais l'entendre. Des ailes ne lui pousseront pas dans le dos. Seulement, son cœur est pur et son karma lui réserve un énorme potentiel.

– C'est quoi un karma ?

– Notre destinée. Le karma est la route que nous avons choisi de prendre, les expériences que notre âme souhaite relevées afin de s'élever toujours plus vers la lumière divine. Jade a une immense force en elle qui lui permettrait de déplacer des montagnes, mais elle est libre de l'utiliser ou non.

– Donc elle pourrait me guérir si elle le voulait ?

– Avec la foi, l'Homme peut parvenir à tous les miracles. Bientôt, la vie se chargera de lui montrer ses aptitudes, et toi mon petit chéri, tu contribueras à le lui faire découvrir.

– Le plan de Dieu est parfait.

– Tu as raison, il n'y a jamais de place pour le hasard, tout arrive selon un ordre précis. Une chose en son temps, un temps pour chaque chose. J'ai l'impression de parler à un sage, je suis très fière de toi. Il est temps désormais de rentrer. Tu dois retrouver ton corps et te réveiller.

– On se reverra grand-mère ?

– Je te l'ai dit, si tu ouvres ton cœur tu me verras, tu me sentiras, et tu entendras chacune de mes réponses. Je guide chacun de tes pas vers la lumière. Je t'aime mon chéri.

– Moi aussi grand mère, je t'aime très fort. Je suis heureux d'avoir pu partager cet instant précieux avec toi.

Je senti comme une chaleur intense qui m'engourdissait les membres, m'écrasant de plus en plus fort jusqu'à ce que j'ouvre les yeux et vis mes parents de part et d'autre du lit, me tenant chacun une main. Je me réveillais après trois jours d'absence.

Un silence envahit l'espace. Thom était assis sur le fauteuil et griffonnait quelques notes en même temps que le récit avançait.

– Tu me crois Thom n'est-ce pas ?

– C'est vraiment une aventure incroyable.

– Mais elle est vraie ! C'est pas un rêve, ni un délire.

– Certainement, j'ai déjà fait plusieurs recherches sur le sujet et ton récit ne diffère guère de ce que j'ai déjà pu découvrir. Et toi, Jade qu'en penses-tu ?

– Je ne sais pas. J'ai pas trop envie de me prononcer à chaud.

– T'as peur de me dire que je délire ? me dit Quentin avec une voix remplie d'émotion.

– Ecoute bonhomme, je ne suis pas un ange et il faut que tu en sois sûr. Ne te mets pas de drôles d'idées en tête qui te conduiraient vers une énorme déception. Je suis incapable de te guérir, ni même de guérir qui que ce soit. Je suis désolée Quentin mais je ne suis pas celle dont tu parles. T'es d'accord avec moi Thom, n'est-ce pas ?

– Tu sais Jade, avec toutes les découvertes que j'ai pu faire ces dernières années, j'ai appris à me méfier de l'impossible. Pour en être sûr nous pourrions tester et mesurer ton magnétisme pour nous faire une idée plus juste de ton potentiel. Ce n'est pas une tare, au contraire, c'est la capacité de déplacer de l'énergie en ré-harmonisant un état d'être. C'est un fluide magnétique qui a la particularité d'agir sur les particules de vie, de les régénérer en leur insufflant la vie.

– Non mais ça va pas ! t'as craqué là. Tu peux mesurer ce que tu veux tu ne trouveras rien chez moi. Non mais je rêve éveillée là.

– Peut-être pourrais-tu y réfléchir un peu avant d'être aussi catégorique.

– Je me connais mieux que personne et je suis comme tout le monde. Je serais incapable de produire le moindre miracle.

Quentin m'interrompit brusquement :

– Peut-être ne sais-tu pas tout. Peut-être y a-t-il certains mystères qui ne t'ont encore jamais été donnés d'apercevoir.

– Mais…

– La Vérité arrive quand on prêt à la recevoir. Interroge ton âme et ton sang pour trouver tes réponses.

– Pourquoi me dis-tu ça ?

– Je ne sais pas. Mais tu devais sûrement les entendre. Jade, je serais si heureux que tu reviennes me voir, je t'aime beaucoup tu sais.

– Moi aussi, bonhomme. Je reviendrai te voir c'est promis.

Je me suis penchée sur son lit et l'ai embrassé affectueusement. Thom me proposa de me raccompagner, mais je préférais appeler mon père et oublier un instant ce qui venait d'être dit. J'étais assommée et ne savais plus quoi penser. Tandis que j'attendais mon père dans le hall, mon esprit se mit à gamberger…

« Oh ! Seigneur – tiens, je ne pensais pas prononcer ces mots un jour – guide-moi vers ta lumière. Permets-moi de voir la Vérité et aide moi s'il faut à la supporter. Je suis complètement folle ! Comment peut-on parler à un mort ? Oh ! Maxime, je ne sais plus quoi penser. Ta disparition me pousse-t-elle sur le chemin de l'aliénation ou suis-je au contraire aux portes de l'univers ? »

Une voix résonna dans ma tête, à la fois limpide et insaisissable.

« Te voici aux frontières du visible et de l'invisible, ma chérie. »

– Mais qu'est-ce qui m'arrive bon sang ! Voilà que j'entends des voix maintenant. Ah ! Papa te voilà, on y va ?

Et nous sommes rentrés.

CHAPITRE 10

Et plus tard, devant un bon chocolat chaud.

– Tu as l'air soucieuse, ma chérie. Quelque chose ne va pas ?
– Non, maman, ça va. C'est juste que je me demandais… enfin je… je ne sais plus quoi penser.
– Que se passe-t-il mon ange !
– Oh ! Je t'en prie ! Je ne suis pas un ange !
– Excuse-moi, je voulais seulement t'être agréable.
– Pardon, je suis un peu à cran, enfin non je suis complètement perdue.

J'ai commencé à lui raconter les péripéties de ces derniers jours, sans oublier le message de Max et ma rencontre avec Quentin.

– Dis-moi sincèrement, me crois-tu folle ?
– Oh ! Seigneur…
– C'est tout ce que tu trouves à dire ?

Ma mère s'assit soudain, son teint palissait à vue d'œil et son regard semblait s'éloigner peu à peu.

– Maman, qu'est-ce qui se passe ?
– Oh ! Seigneur, voilà que ça recommence.

Son teint était livide, son regard perdu pour de bon dans le vide.

– Mais qu'est-ce qui recommence maman ?
– La malédiction.
– Mais voyons de quoi parles-tu ?

– De la malédiction qui a coûté la vie à ta grand-mère.

– Mais je croyais qu'elle était morte dans un accident de voiture.

– C'est en effet une partie de la vérité.

– Comment ça ? Raconte-moi ce qui s'est réellement passé, s'il te plaît. Aide-moi à comprendre qui je suis.

– Pour trouver quoi ? La mort, la souffrance. Eloigne-toi de tout ça avant que ça ne vire au tragique.

– Mais de quoi as-tu peur ?

– On ne doit pas jouer avec ce que l'on ne maîtrise pas. On ne peut pas communiquer avec la mort sous peine de la provoquer. Tu ne dois plus te poser de question et ne plus voir ces gens là. Ils n'attireront toujours que le malheur sur leur tête.

– Alors parle-moi de ta maman, s'il te plaît.

Ses yeux étaient remplis de larmes et sa voix de plus en fragilisée par l'émotion.

– Je ne me souviens plus de son visage, seule me reste une odeur de cannelle qu'elle se plaisait à porter. Mon père, lui est mort alors qu'elle était enceinte de quelques mois. Leur amour fut aussi fort qu'éphémère. A l'époque, ma mère était déjà fiancée lors de leur première rencontre. Comme à l'accoutumée, les mariages s'arrangeaient selon la classe sociale et les possibles gains que chacun des partis pouvaient rapporter. Mais ma mère n'aimait pas du tout cet homme qu'on lui avait choisi et rien n'y fit. Malgré tout les cadeaux dont il a pu la couvrir elle n'hésita pas à dire non le jour de leur union. Elle s'enfuit donc avec mon père, dont elle portait déjà l'enfant, et ne donna signe de vie à quiconque pour être sûre de n'être jamais retrouvée. Mais la fuite ne dura que quelques mois et on les retrouva, suite à une enquête menée par son promis, lui-même. Quelques jours plus tard, mon père mourût dans un terrible accident de voiture et ma mère me donna naissance trois petits mois après. Puis elle s'est mise à divaguer en racontant à tout le monde qu'elle communiquait avec papa et des gens l'ont même surprise en plein acte de sorcellerie. Durant deux années son promis ne cessa de la harceler avec le mariage, lui assurant que c'était sa seule chance d'être sauvée aux yeux des gens qui la croyaient tous folle et possédée par le diable. Ma mère refusa encore et encore et mourût comme mon père, l'année de mes trois ans. J'ai alors été placée dans un orphelinat puis, une famille du village qui n'avait pas de fille m'a recueillie. Tante Louise m'a élevée comme son propre enfant en veillant à mon éducation mieux que ma mère aurait su le faire... Oh ! Je t'en prie, sauve-toi de là et oublie tout ça, c'est beaucoup mieux pour toi.

– Mais tu ne t'es jamais demandée qui avait fait tuer tes parents ?

– Si bien sûr, qui d'autre que la volonté divine pour punir deux jeunes qui ont franchi les limites de l'interdit ?

– T'es pas sérieuse ? !

– Plus que jamais ! Et je ne veux plus parler de ça, est-ce clair jeune fille ? Je ne supporterai pas de te perdre toi aussi.

– Il ne m'arrivera rien sois tranquille.

– Excuse-moi, je vais aller m'allonger, cette histoire m'a remuée un peu.

– Vas-y, on se revoit tout à l'heure.

J'étais surprise de sa réaction, elle semblait si terrorisée voire même menacée. C'est étrange, plus j'essaie d'y voir clair, plus les choses se compliquent. Je devrais en parler avec tante Louise, étant là au moment des faits elle devrait pouvoir m'en dire un peu plus. Ainsi, m'apportera-t-elle un quelconque éclaircissement sur ma situation. Sachant qu'elle ne vivait qu'à quelques minutes d'ici, dans les montagnes, j'obéis à la pulsion qui me pressait d'y aller sur le champ. Je pris la voiture et via les montagnes. Depuis le temps que l'on ne s'est vu, elle sera sûrement très heureuse de me voir, surprise mais heureuse.

Tout était tel que dans mon souvenir. Rien ne semblait avoir changé. Une petite maison entourée de sapins et une immense clairière qui s'étendait à perte de vue. En m'approchant de la maison, je la vis sur la terrasse en train d'écosser des haricots, à l'ombre d'un parasol.

– Tante Louise ? ! Bonjour c'est moi, Jade.

– Oh, ma chérie ! Ce que je suis contente de te voir. J'ai énormément prié pour toi tu sais. Je t'en prie assieds-toi, je vais aller chercher des rafraîchissements... Ce que tu es jolie, tu as l'air en forme, je suis rassurée. Ah ! Je ne profite pas de toi comme je le voudrais, le temps passe et... Mais quel âge as-tu maintenant ?

– J'ai trente-quatre ans.

– Et moi, quatre-vingt-deux le mois prochain. Tu sais je ne regrette pas le temps qui passe, plutôt ce que j'en ai fait.

– Que veux-tu dire ?

– Que ma vie est désormais derrière moi et qu'il y a beaucoup de choses que je n'ai pas eu le temps de faire. Mais rien ne sert de vivre dans le passé. Restons au présent, car lui seul peut changer l'avenir. Et comment va ta mère ?

– Très bien, merci, elle ne sait pas que je suis ici, j'ai pas eu le temps de lui dire. Dis-moi, je voudrais savoir… elle avait quel âge quand vous l'avez recueillie ?

– Oh ! Elle est arrivée chez nous à l'âge de trois ans et demi, elle était belle comme un cœur, et mon mari et moi voulions désespérément une fille, alors nous l'avons prise avec nous.

– Tu as connu ses parents ?

– Oui, je connaissais bien sa mère. C'était une femme tout à fait honorable jusqu'à ce qu'elle rencontre ton grand- père. L'amour lui a fait perdre la tête et elle a fini par en perdre la raison pour de bon. Elle s'est mise à faire de la sorcellerie, ne pensant qu'à elle et a attiré la malédiction sur elle et sa famille.

– Quelle malédiction ?

– Ce n'est pas bien de parler de ça. Dieu pourrait nous entendre, ou pire, son âme, et venir nous hanter pour se venger.

– Se venger de quoi ?

– De son sort. Elle a tout perdu par ses mauvais agissements, son mari, sa vie, sa fille. A vouloir jouer avec l'invisible elle a fini par le devenir. Je me souviens que longtemps après sa mort, il nous était formellement interdit de prononcer son nom sous peine d'être sujet à la même folie. Le village nous a longtemps fui pour avoir recueilli le « rejeton du diable », et moi-même, parfois j'avais peur de cette petite fille qui n'était autre que le fruit du malheur et de la honte. J'ai tout fait pour lui éviter de finir comme sa mère.

– N'a-t-elle jamais rien laissé à sa fille avant de mourir ?

– Nous avons tout brûlé pour enrayer le mal, à l'exception du berceau qui servait de lit pour la poupée de ta mère. Oh, mon Dieu ! Tu n'imagines pas la terreur qu'elle a pu causer dans tout le village. J'en ai des frissons d'y repenser.

– Où habitait-elle ?

– A la sortie du village, mais la maison fut abandonnée à sa mort et s'est très vite délabrée. Personne ne voulait vivre là où la sorcière avait vécu. Je te déconseille vivement d'y aller, ta mère y est allée une fois et elle n'a rien trouvé de bon. Durant des mois elle n'a eu de cesse de faire des cauchemars. Tu ne devrais même pas te poser toutes ces questions, c'est du passé tout ça.

– Peut-être mais cette histoire appartient à ma famille et je dois la connaître si je veux comprendre qui je suis.

– Mais c'est là où tu te trompes. Cette histoire n'a rien à voir avec toi.

– Crois-tu ? Tout cela a entraîné des conséquences, qui, malgré ce que tu peux penser, ont des répercussions sur ma vie. Tante Louise, tu sais être ma grand-mère de cœur, mais comprends- moi, j'ai besoin de savoir qui était ma grand-mère de sang.

– Tu devrais t'en tenir à ce que je t'ai dit. Ne cherche pas à déterrer ces vieilles choses, crois-moi, il n'y a rien de bon dans tout ça.

– Ce que tu m'as dit ? Mais tu ne m'as rien dit justement. Tu parles de danger, de sorcellerie, de malédiction, mais pas de ce qu'elle faisait réellement.

– Elle a jeté des sorts à tous les animaux de la région, ruinant les fermiers et les éleveurs. Elle a pollué l'eau du lac en y trempant seulement le petit doigt. Elle parlait tout le temps toute seule, affirmant parler avec son amour. Que te faut-il de plus ?

– Pardonne-moi, je sais que tout ceci réveille de douloureux souvenirs et fait renaître de vieilles peurs. Il était important que je sache. Je te remercie de m'avoir dit ce que tu savais. Je n'en parlerai plus.

Je ne pouvais pas continuer, vu son âge et l'impétuosité de sa réaction je ne voulais pas que son cœur lâche sous le poids de la pression. Elle me parla de ses enfants et petits-enfants, se désolant de ne pas en profiter plus souvent. Elle me garda pour manger et je suis rentrée à la tombée de la nuit.

Plus tard, tandis que je n'arrivais pas à trouver le sommeil, allongée sur mon lit dans le noir, je tentais de trouver une logique à tout ça. C'est la première fois que j'entends parler de cette histoire, mais pourquoi faut-il que tout arrive en même temps ? D'accord je ne me suis jamais posé de questions sur le sujet, mais j'étais loin d'imaginer qu'une telle chose ait pu se produire, et encore moins au sein même de ma famille. Jamais... Jusqu'à ce qu'il m'arrive tout ça.

Le lendemain, les premiers rayons de soleil filtrant à travers les volets ont eu raison de mon sommeil. Il était tôt, mais je n'avais pas une minute à perdre. Après le rituel du matin, je pris la voiture de ma mère et me rendis aux archives de « L'Echos du Pays », le journal de la région depuis la fin du dix-neuvième siècle. Je ne savais pas vraiment ce que je cherchais, mais j'avais le sentiment d'avoir mis le doigt sur quelque chose de brûlant qui pourrait tout changer. Sur place, un membre du personnel m'expliqua l'utilisation de leur système informatique pour accéder aux articles recherchés. Il suffisait de rentrer un mot, une date, ou un nom. Voyons, ma mère avait trois ans lorsque sa mère est morte, étant née en 1945, elle est donc morte en 1948. Essayons 1 948. puis j'ai affiné la recherche en précisant accident de voiture. L'ordinateur sélectionna automatiquement une quinzaine d'articles qu'il me restait plus qu'à lire. Je laissais défiler les textes jusqu'à ce que l'un deux m'interpelle :

« Mort terrible de la sorcière !

Ce matin, le véhicule accidenté de Mme Ombeline Levas fut retrouvé en contrebas de la départementale, sortie de la route pour des raisons encore inconnues à ce jour. La jeune femme s'est retrouvée prisonnière de son véhicule, tandis que celui-ci commençait à s'enflammer. Les secours n'ont pu la sortir de son carcan à temps et l'ont vue brûler vive dans d'atroces souffrances. Rappelons qu'il s'agissait de la fameuse Mme Levas, sorcière reconnue pour ses nombreux crimes, ainsi, peut-être nous faudrait il penser qu'il s'agit bien plus d'une punition divine que d'un banal accident de la route. »

Mais comment peut-on écrire une chose pareille ! C'est incroyable ! Bon, je ne dois pas m'attarder dans les méandres des émotions sous peine de ne pas avancer. Continuons la recherche. Voyons, si je tape « Ombeline Levas »... Tiens, il y a toute une série d'articles à son sujet, et quels articles !

« Pollution du lac après le passage de la sorcière ».

« Mort en série sur les animaux de la région, qui est responsable ? ».

« La folie d'une villageoise apporte le malheur sur nos terres ».

« Une sorcière au bûcher ».

J'étais sous le choc des mots. Ils semblaient si durs et si terribles. J'imagine ce qu'elle a pu faire pour mériter de telles horreurs. Je fis la copie de tous les articles et me suis rendue sur les lieux, chez elle, dans la maison abandonnée.

A l'époque, elle devait être splendide, on devinait les restes d'un magnifique jardin, aujourd'hui en friche. Une maison luxueuse qui ne ressemblait en rien aux fermes avoisinantes. Elle avait conservé son ossature, mais l'intérieur n'était que ruines. Voulant m'approcher de plus près, je poussai la grille qui grinçait énormément, et, au contact de cet objet métallique, un tout autre décor défila sous mes yeux. Je vis la maison du temps de sa splendeur, le jardin était très fleuri, maman jouait dans son parc, tandis que grand-mère était assise en terrasse. Deux bougies scintillaient sur la table, et un filet d'encens se répandait dans les airs. Je la voyais sereine, aimante et elle écrivait au pas de course. Une immense sensation de bien-être m'envahit, rien à voir avec ce que j'avais pu lire sur le sujet. Puis, cette image disparut, et j'étais à nouveau devant les ruines. Un léger malaise m'envahit.

Mais que s'est-il passé ?

Sans pouvoir répondre à cette question, le sentiment de bien-être et d'amour alors ressentis m'empêchent d'avoir peur… A moins que le mal soit vraiment dans mes gènes et alors je serais maudite à mon tour… Je m'y perds. Pourquoi tant de personnes auraient réussi à la faire passer pour un monstre si ce n'était pas le cas ? Pourtant, dans la vision que j'ai eue, cela n'avait rien d'effrayant. Je l'ai vu faire ce que Marie fait aussi, et même si c'est dur à croire, c'est moins glauque que de faire du spiritisme avec un verre ou une table. Et pourtant, sa folie l'a emportée. Elle s'est battue seule contre tous et a tout perdu. Si ce n'est pas là la preuve qu'elle ait pris un mauvais chemin…

Midi allait bientôt sonner, et je suis retournée en ville, en passant au centre de recherche pour parler de tout ça avec Thom. J'avais besoin de sa vision scientifique sur ces choses. Savoir ce qui est possible de ce qui ne l'est pas, pour essayer de dépasser le stade du bien et du mal.

CHAPITRE 11

– Toc, toc, toc…
– Entrez !
– Salut, c'est moi. Je ne te dérange pas ?
– Mais pas du tout, entre, assieds-toi.
– Et si on allait déjeuner plutôt, qu'en penses-tu ?
– Extra. Je te suis.

Assis à la terrasse d'un petit resto sympa, il ne put s'empêcher de m'interroger sur le but de ma visite à son bureau.

– Je voudrais te parler de quelque chose. J'ai besoin de l'objectivité la plus totale, et qui mieux qu'un scientifique pour me la donner ?! J'ai besoin de toi pour y voir plus clair.
– Je t'écoute.

Lui parler de ce qui s'est passé depuis hier à ma sortie de l'hôpital m'a aidée à faire le point sur les différents points de l'énigme, même si je n'en perçois toujours pas le sens.

– Comment expliques-tu tout ça, la malédiction, cette peur qu'elle a générée dans le village, sa mort terrible, et enfin ma vision ? Se peut-il qu'il existe une logique à tout ça ?
– C'est très intéressant, tu ne trouves pas ?
– Merci, mais compte tenu de la place que j'occupe dans cette histoire j'ai pas le cœur à rire. Si j'en crois la légende, je suis l'enfant du diable, et si j'en crois Quentin, un gamin de dix ans, je suis un ange. J'ai le droit de comprendre.
– Pourtant hier tu refusais de croire Quentin et tu as tout rejeté en bloc. Pourquoi doutes-tu aujourd'hui ?

– Parce que je préférerais qu'il ait raison tout compte fait.

– Pourquoi, tu te sens l'âme d'un messager divin tout à coup ?

– Non !

– Alors écoute, tu ne peux pas choisir ce qui t'arrange. Dans les deux cas il y a des choix qui peuvent être lourds de conséquences. Avant de trancher tu dois comprendre ce qui se passe concrètement.

– C'est pour ça que je suis venue te voir. Que penses-tu de la malédiction ?

– C'est pour moi un synonyme de conséquence. Je préfère utiliser ce terme car il est neutre, et prête moins à confusion quant à son interprétation. Selon les études que j'ai pu faire ces dernières années, une malédiction n'est qu'un déséquilibre de l'ordre pré-établi des choses. Bien souvent elle n'existe que dans l'interprétation qu'on en fait.

– Donc selon toi, elle n'existe pas réellement en tant que telle.

– Je n'ai pas dit ça non plus. Rappelle-toi comme la pensée est créatrice, si tu penses à une malédiction, tu la crées, puis l'univers tout entier s'appuie sur ta pensée pour te donner en réalité le sentiment que c'en est une.

– Mais comment une idée pareille peut-elle contaminer tout un village ?

– Par le biais de la peur et le contrôle des populations par les gens influents de l'époque. Tout était si différent il y a soixante ans. Sincèrement, je pense que nous sommes au Moyen-Age de la spiritualité. Tout reste à apprendre, à découvrir, et ceci ne peut s'accepter sans renoncer à certaines choses, acquises depuis de nombreuses générations. A l'époque nous appelions ces gens des sorciers, aujourd'hui ce sont des médiums, des guérisseurs. Là où certains voyaient le diable, aujourd'hui nous sommes capables de prouver qu'il s'agit de miracle naturel et divin.

– Et comment peux-tu le prouver, s'il te plaît ?

– J'ai lu il n'y a pas si longtemps, les comptes rendus d'un confrère américain, le docteur Melvin Morse, qui réussit à prouver qu'il existe une zone dans le cerveau humain qui nous permet de nous connecter à l'énergie de l'univers. Il l'a baptisée le point divin. Exactement comme nous avons une zone pour la logique et pour la musique, nous disposons également du point divin. Il se situe dans le lobe temporal droit, plus précisément au dessus de l'oreille droite. C'est grâce à lui que nous pouvons entendre, sentir, toucher et même accéder à la mémoire universelle. Ce point dans le cerveau nous relie en permanence à la lumière, à l'énergie divine, et nous donne des informations venant d'une autre réalité. Il a même été prouvé que lors d'accident très grave, conduisant même à une expérience aux frontières de la mort, ce lobe temporal s'ouvre et donne lieu à des phénomènes étranges, et pourtant indubitables. De nombreux patients inconscients, comme Quentin, ont raconté des scènes qui se sont déroulées lors de leur état comateux et dont la précision des détails ne faisait aucun doute quant à leur dé-corporation provisoire. De nombreux témoignages convergent dans la même direction et laissent croire aux mêmes miracles. Bons nombres d'entre eux sont revenus avec l'étrange pouvoir de voir par delà le temps et l'espace. Des recherches plus approfondies sur ce lobe temporal droit ont été faites et, à partir d'électrochocs envoyés dans cette zone, on s'est rendu compte qu'elle permettait belle et bien de se connecter à cette banque de données universelles, se coupant pour un moment à la notion d'espace-temps.

– Donc ma vision ne serait que l'actionnement de cette zone dans mon cerveau ?

– C'est ce que je crois, oui.

– Mais je n'ai jamais eu l'occasion de la développer cette zone, c'est vrai je n'ai jamais fait de EFM (Expérience aux Frontières de la Mort)…

– Non, mais tu as côtoyé la mort à ta façon.

– Attends un peu. S'il existe un point dans notre cerveau qui soit en permanence relié à cette énergie, qu'il nous permette de voir ce qui a été, est et sera, mais aussi de communiquer avec nos chers disparus, alors la Mort n'est pas une finitude du tout.

– C'est simplement un changement d'état de conscience, une élévation fréquentielle. Certaines personnes dites sensibles sont capables de sentir tout ça et de voir ce que d'autres n'imagineraient même pas être vraies.

– Donc, en tant que scientifique, tu affirmes qu'il est possible de communiquer avec les morts, de voir par delà le temps et l'espace et tout ça grâce à notre cerveau.

– Nous n'exploitons actuellement que vingt pour cent de ces capacités, te rends-tu compte ? Qu'est-il possible de faire avec le reste ? Tout, dans l'univers, n'est qu'énergie. L'Homme lui-même se constitue de cette force unique, ainsi que le monde qui l'entoure, aussi bien visible qu'invisible. Nous avons donc le pouvoir d'interagir avec les autres énergies, qui ne sont qu'une projection de la force que nous sommes. En comprenant ceci, on se fait une idée plus juste du pouvoir que l'on a sur sa propre vie.

C'est en fonction de la pensée que l'on exerce sur notre propre énergie de vie que nous vivons ce qui nous arrive.

– Ça sous-entendrait qu'un malade se crée volontairement sa maladie, qu'il s'infligerait lui même tous ces sévices et supplices qu'elle génère… Mais pour quelle raison ?

– Le corps est un système de petites particules ou points d'énergie, séparées les unes des autres par des espaces et maintenue ensemble par un champ électrique équilibré. Lorsque les particules ne sont pas à leur place, la maladie se manifeste dans le corps.

– Ça n'a rien à voir avec la volonté du malade, il ne choisit pas la place que prennent ces particules dans son corps.

– Au contraire, sa propre pensée, ordonnée ou non, sera la conséquence directe d'un équilibre ou non, au sein de ses particules de vie. Vois la beauté et la perfection du processus. Toute conséquence est précédée d'une cause, tout n'est que le déplacement de cette énergie créatrice, que certains appellent Dieu.

– On est loin de tout ce qu'on a pu penser jusqu'à lors.

– Oui, mais si notre façon de penser était la bonne, nous serions loin de vivre ces états de faits catastrophiques sur la Terre.

– Te rends-tu compte des conséquences d'un tel raisonnement ?

– Oui. Le monde sommeille aux portes de l'univers et il ne semble pas se douter de toute l'importance de son rôle.

– Chacun est à même de se réveiller ou non.

– Voilà le but de la vie ! S'ouvrir à davantage de spiritualité.

– Je n'en reviens pas ! C'est un scientifique qui vient de me démontrer l'existence de Dieu. Moi qui vous croyais tous hermétiquement fermés à la spiritualité.

– Preuves et témoins à l'appui.

– Je me sens si stupide d'un seul coup.

– Pourquoi ?

– Parce que ce matin encore j'étais incapable de ressentir un tel amour et un si profond respect envers cette vie que j'ai totalement négligée par mon manque total de compréhension. Je n'oublierai jamais Maxime, mais je dois avancer sur ma route, j'en ai désormais envie.

– Moi, je serais curieux de faire quelques expériences afin de tester ton potentiel magnétique.

– Non, mais ça va pas !

– Pourquoi ? Compte tenu du facteur « héréditaire » de la situation, ce serait amusant de voir si…

– Pour qu'il y ait hérédité je devrais tenir ce don de ma mère, or rien ne s'est jamais manifesté pour elle.

– Tu n'en sais rien. Les choses ne se sont pas faites dans l'ordre. Ta mère a été élevée dans la peur, son inconscient s'est programmé sur la pensée collective des villageois, redoutant la punition divine s'ils dérogeaient du bon chemin. Qui te dit qu'elle n'a jamais rien vu d'inhabituel ? Et quand bien même, elle n'a jamais rien eu, il arrive parfois qu'un facteur saute une ou plusieurs générations, et se révèle dans les descendances.

– J'ai pas envie de savoir, merci.

– Comme tu veux. Dis, j'ai promis à Quentin de passer le voir cette après-midi, ça te dit de venir avec moi ?

– Pourquoi pas, j'aime beaucoup ce gamin, il est très attachant.

– Il régla l'addition et nous partîmes pour l'hôpital.

CHAPITRE 12

Sur place, en empruntant le couloir qui menait à sa chambre, nous le rencontrâmes sortant d'une chambre voisine.

– Tiens, salut, qu'est-ce que vous faites là ? Venez on va dans ma chambre.

– Que faisais-tu ?

– Je rendais visite à Mme Marinois, tu sais je t'en ai parlé, personne ne vient jamais la voir, alors je lui tiens un peu compagnie. Je l'aime bien, elle est gentille. Merci d'être venue aussi Jade, ça me fait très plaisir.

– Tu as l'air en forme bonhomme.

– Oui, je sors demain. Je suis content, mes parents m'ont réaménagé une chambre au rez-de-chaussée de la maison, parce qu'avec le fauteuil je ne pourrai plus monter les escaliers. Mon père récupère ma chambre et me laisse son bureau. C'est génial, je change de chambre ! C'est plus facile de se refaire à neuf dans un nouveau décor plutôt que de constater le vide, dans un même endroit, après le passage du temps.

– C'est surprenant ce discours dans la bouche d'un petit garçon, lançais-je. Il avait ce don de nous surprendre et de nous troubler sans préavis, il paraissait irréel tant son cœur débordait de sagesse.

– Veux-tu de l'aide pour monter sur le lit ? demanda Thomas.

– Non merci, je préfère rester dans le fauteuil.

– Comme tu préfères.

– Tu pourrais me trouver une feuille et des crayons, s'il te plait Thom.

– Pourquoi, tu veux dessiner ?

– Bah oui, si j'avais voulu faire un collier je t'aurais demandé des perles.

– D'accord. Bouge pas, je vais te chercher ça.

Et Thom quitta la pièce, me laissant seule avec le petit. J'ai l'habitude des enfants, mais avec lui c'est différent. Il est si incroyable par moment que j'avoue en avoir un peu peur.

– Tu ne m'en veux plus ? me dit-il.

– Pourquoi t'en voudrais-je ?

– Pour ce que j'ai dit la dernière fois. Tu es partie si bouleversée… Par contre, aujourd'hui, tu me sembles plus interrogative. Sache que tu ne dois pas cesser de creuser cette histoire jusqu'à ce que tu trouves la Vérité. Chacun de tes pas est guidé dans la lumière et tu es bénie. Ne laisse pas la peur tuer l'amour que tu t'apprêtes à découvrir.

– Ce qui veut dire ?

– Que rien ne meurt, tout se garde dans l'univers pour un jour servir à la personne en quête de Vérité.

– C'est encore moins évident de te suivre.

– Ne sois pas pressée, un jour ton cœur entendra ces mots et là tu comprendras.

– C'est aujourd'hui que nous en parlons, c'est donc aujourd'hui que je veux comprendre.

– Je ne peux pas t'en dire plus parce que je n'en sais pas plus moi-même.

– Alors pourquoi me dire tout ça ?

– Je te dis ce qu'on me dit de te dire, c'est tout. Tu crois que ça m'amuse de jouer avec tes nerfs à chaque fois que tu viens me voir ? Mais je dois te dire ce que j'entends.

– Qui te dit tout ça ?

– Je ne sais pas, les mots me viennent et je te les dis.

– Tu entends quoi, des voix ?

– Non, je capte la pensée de quelqu'un qui veut te faire passer un message, c'est tout.

– C'est tout ?! Tu dis ça comme si c'était naturel.

– Il faut pas en avoir peur, ce sont des messages d'amour et de paix, ils nous aident sur notre chemin de vie.

– Tu étais déjà comme ça avant ton accident ?

– Non, j'étais comme les autres. Mais après s'être retrouvé aux portes de l'univers, on ne peut plus regarder le monde comme avant.

– N'es-tu pas triste de ne plus pouvoir marcher ?

– Non, parce que je sais qu'un jour je remarcherai, et qu'en attendant ça m'aide à voir et à découvrir les autres richesses de la vie.

– Et comment sais-tu que tu remarcheras un jour ?

– Je le crois, c'est tout.

Thom entra sur le fait dans la chambre se plaignant d'avoir dû faire le tour de l'hôpital pour trouver quelques crayons de couleurs.

– Merci, Thom, t'es génial.

Et il se mit à dessiner, minutieusement, avec une concentration intense, dans un calme olympien. Thom s'est penché sur son épaule pour ne pas en perdre une miette. Il semblait passionné par le personnage. En les regardant tous les deux, je sentis mon cœur se serrer. Je me suis rappelée combien je désirais un enfant, fonder une famille… Et que je ne le ferais jamais plus avec Maxime. Ce n'est plus de la colère que je ressens alors, seulement le regret de n'avoir pas fait plus de chemin avec lui. Il me manque tellement…

– Ça y est, j'ai fini.
– Ouah ! Tu as un sacré coup de crayon, c'est magnifique.
– Merci.

Il avait dessiné un berceau. Etudié dans les moindres détails. Des initiales, gravées dans le bois, enluminaient l'ensemble, donnant la preuve de son unicité. Il est splendide c'est vrai.

– Je ne me doutais pas que tu dessinais aussi bien, lui dis-je.
– Avant je courais trop vite, et je ne prenais pas le temps de voir les choses.
– Et qu'est-ce que c'est ?
– J'ai fait un rêve cette nuit et j'ai eu envie de dessiner ce que j'ai vu.
– Et que s'est-il passé dans ce rêve ?
– Je ne sais pas trop, mais il y avait un homme et une femme que je n'ai jamais vus. Il était en train de fabriquer un berceau avec un bois magnifique, tandis qu'elle écrivait une sorte de journal à ses côtés. Ce qui m'a frappé c'est la splendeur du berceau, avec des initiales gravées sur le devant : M.L. Il baignait totalement dans la lumière et le couple semblait si heureux une fois le chef-d'œuvre terminé. Mais ce qui m'a paru étrange c'est qu'au lieu d'y mettre l'enfant, la femme y déposa son journal. Et puis je me suis réveillé. C'est étrange non ?
– Tu sais le rêve n'est qu'un exutoire pour l'homme, il n'a pas toujours de signification.

– C'est pas le sentiment que j'en ai gardé. C'est pour ça que je voulais le dessiner, ces gens, ce berceau, qui sait…

– Ça te plairait que je t'emmène de quoi dessiner ?

– Oui, mais à la maison, n'oublie pas que je sors demain.

– Pas de problème, je t'apporterai ça chez toi.

– Et j'aimerais beaucoup te dessiner, tu es si jolie.

– C'est gentil bonhomme, avec plaisir. Oh mon Dieu, déjà cette heure là ! Je vais y aller.

– Attends, je te raccompagne, me dit Thom.

– Ah, oui c'est vrai, je n'ai pas de voiture. Mais ça ne te dérange pas ?

– Non, j'ai encore du travail, il faut que j'y aille aussi.

– Bon, alors à demain Jade. Thom t'expliquera où j'habite.

– D'accord à demain.

Nous l'embrassâmes tour à tour puis nous avons regagné la voiture. On s'arrêta dans une boutique pour acheter ce que je venais de promettre, à savoir un carnet de croquis, des fusains, des pastels et des crayons de couleurs.

– T'en fais pas un peu trop là ?

– Non, il faut qu'il essaie plusieurs choses avant de savoir ce qui lui convient réellement.

– C'est peut-être une lubie, c'est passager.

– Tu as vu comme moi ce qu'il a été capable de faire, de mémoire, et en si peu de temps. Je suis convaincue qu'il a du talent, je veux juste l'encourager un peu.

Puis, il passa devant la maison de Marc, et en même temps la sienne car voisine l'une de l'autre. Il me déposa chez moi et repartit au centre.

Seule la voiture de ma mère était garée devant la maison.

– Maman, c'est moi, t'es là ?

Pas de réponse. Je déambulais dans la maison à sa recherche, tout en répétant ma question. Toujours pas de réponse.

– Maman ?

En passant devant sa chambre, je la vis allongée sur le sol. Je me précipitai à ses côtés, elle était évanouie et a entraîné dans sa chute son porte poupée. La porcelaine étant fragile, elle n'a pas résisté au choc et s'est brisée en mille morceaux. Ma mère reprit peu à peu ses esprits et fit l'effort de s'allonger sur son lit. Elle était encore blanche, livide même.

– Comment te sens-tu ?

Fatiguée. Je ne sais pas ce qui s'est passé. Ma tête s'est mise à tourner alors j'ai voulu m'allonger un peu en attendant que ça passe mais j'ai pas eu le temps d'atteindre mon lit… trou noir. Oh non ! j'ai cassé ma poupée.

– C'est pas grave ça, je vais appeler le médecin, attends-moi, je reviens… Voilà, il m'a dit d'ici un petit quart d'heure.

J'en avais profité pour ramener la pelle et la balayette afin de ramasser les nombreux débris qui jonchaient le sol. Ma mère adorait les poupées de collection, elle les exposait dans le salon, sauf celle-ci, qu'elle laissait toujours dans le berceau, lui même renversé. Je le saisis de mes deux mains pour le redresser. Il n'était pas cassé, seule une planche coulissante sur le dessous s'était enlevée. J'allais la remettre quand quelque chose attira mon attention. Un objet y était dissimulé. Je m'en emparai aussitôt, il s'agissait d'un carnet, sorte de journal intime… Mais… Je renversai le berceau et fus troublée de voir celui que Quentin avait dessiné, dans les moindres détails et avec les mêmes initiales. M.L. Maud Levas, ma mère. Ayant pris le nom de sa famille adoptive je n'avais pas fait le rapprochement. C'est incroyable, j'ai toujours connu ce berceau mais ne l'ai jamais vraiment regardé. Comme quoi, si l'on n'est pas prêt à voir on ne voit rien. « Ce qui m'a le plus choqué c'est qu'au lieu d'y mettre l'enfant, la femme y déposa son journal. », avait dit Quentin. C'est de plus en plus fou. « Rien ne meurt, tout se garde dans l'univers pour un jour servir à la personne en quête de Vérité. ». Mais comment a-t-il pu rêver de cette histoire ?

Le médecin arrivant, je l'ai laissé l'examiner et suis partie discrètement avec le journal. C'était le journal de ma grand-mère, Mme Ombeline Levas. J'ai commencé à parcourir les premières pages, quand le docteur est venu me rassurer sur l'état de santé de ma mère. Elle a eu une chute de tension et doit se reposer, rien de grave.

CHAPITRE 13

A ma grande surprise, ce n'était pas un journal au sens propre du terme. Elle n'y racontait pas sa vie mais on lui parlait de la vie. Sur la couverture, un soleil pâli par le temps et le chiffre trois rajouté au stylo. Ce carnet n'est visiblement pas le seul à avoir existé mais c'est le seul survivant des conversations posthumes de mes grands-parents. Alors voyons ce qu'il va nous dire.

« Mon cher amour,

Sache que tu n'es jamais seule, je veille à chaque instant sur chacun de vos pas. Je suis fier de ton courage, Dieu sait combien il est difficile de prêcher pour l'invisible. Ne te décourage pas, rien n'est vain. Ta foi sert notre cause et nous aide à œuvrer pour l'humanité. Laisse parler ces gens, laisse les faire, ne t'arrête pas sur eux. Ils sont gouvernés et ne servent que leurs intérêts. On ne doit pas les juger, même si leurs agissements te font mal. Mais par contre, il te faut leur pardonner. Attends, je comprends ta colère, mais tu te fais une fausse idée du pardon. Il ne s'agit pas de donner quelque chose à perte, au contraire, car le pardon libère. Il coupe les liens qui vous unissent avec la personne en acceptant ce qui est. En vouloir aux gens qui nous font mal est un moyen de nous laisser en leur pouvoir. Remets-t'en à Dieu et avance sur ta route, car il n'y a que toi qui puisses te faire avancer. Ne laisse pas la colère t'obscurcir l'esprit car il n'en ressortirait rien de bon. Tu es libre de tes actes et de chacun de tes choix, comme tout être humain. Tu dois donc admettre que les autres sont libres de croire, faire et dire ce qu'ils veulent. Tu ne dois pas juger car tu ne veux pas qu'on te juge. Ne laisse jamais le doute pénétrer ton cœur et t'écarter de ta Vérité. N'écoute toujours que ton cœur car lui seul sait où tu vas et ce qui est bon pour toi.

Je dois te laisser car mes guides viennent me chercher. Je garde un œil sur toi et mon cher ange,

Je reviendrai très vite te parler. Toujours reliés par le cœur.

A. »

Tiens, Max aussi a terminé son message comme ça : « toujours reliés par le cœur » Comme si l'amour dépassait tout, il était sans limite, et laissait une trace d'un monde à l'autre… A moins que ce ne soit la vie qui, finalement n'a pas de limites, ou du moins pas celles qu'on s'imagine. Qui peut savoir avec certitude ? Qui peut prétendre détenir la Vérité ? L'entendement humain est il seulement capable de comprendre la Vérité ?

Je ne sais pas.

Si ce n'est que ces textes semblent intemporels, en s'adressant à chacun dans une sagesse pleine d'amour. Puis j'ai pensé à grand-mère. Cette femme qui comme moi a perdu l'homme qu'elle aimait plus que tout au monde, a, semble-t-il, accepté cette nouvelle relation. Je ne saurai jamais les doutes et les questions qui ont hanté son esprit, mais envers et contre tout, au péril de sa réputation et de sa vie, elle a participé au miracle, c'est à dire à la divine connexion entre le monde visible et invisible. Certains penseront peut-être que je suis bien crédule d'imaginer une seconde que cela puisse être vrai et bien j'aurais sûrement dit la même chose si je ne l'avais pas vécu personnellement. Les évènements quelque peu insolites de ces derniers jours se sont imposés à moi de manière si naturelle, comme si la main d'un chef d'orchestre invisible harmonisait tout ça pour nous faire entendre cette Vérité.

Bon, poursuivons.

« Bonjour mon amour,

Je suis heureux d'être là avec toi. J'ai entendu ton chagrin et j'ai eu mal avec toi. Les Hommes ont cette habitude de dénigrer ce qu'ils ne peuvent comprendre, c'est tellement plus facile. Non, tu n'es pas folle et tu n'es pas non plus une sorcière. Quant à ces problèmes de pollution et de mort subite des animaux, ce n'est que le résultat d'une bombe contenant un champignon bactériologique, envoyée au début de la guerre, enfouie depuis lors sous les eaux. Les animaux venant s'y abreuver ont attrapé le virus et y ont succombé.

Mon amour, plus que jamais tu dois te montrer prudente. Tu as le plus influent des ennemis et il ne reculera devant rien, tu le sais. Tu dois te protéger et protéger notre fille. Le pire est encore malheureusement à venir. Mais n'oublie jamais que je suis à chaque instant près de toi, je te porte de mon amour et te guide vers la lumière. Je ne peux pas en dire plus car cela pourrait nuire au déroulement de la situation. La Vérité n'apparaît que lorsque l'on est prêt à la recevoir. Il est donc inutile de se précipiter. En temps voulu les choses se mettent en place le plus naturellement possible, de la manière la plus parfaite. Merci encore à toi, d'avoir la foi et de croire en nous. Tu es un messager de lumière qui œuvre dans une période où il n'y a guère de place pour la spiritualité, car trop souvent associée à la folie. Je suis fier de toi et de l'amour que tu distribues à tous ceux qui souffrent et qui ont le cœur ouvert sur l'univers, même s'ils ne sont pas nombreux. Mais si dans ta vie tu parviens à toucher ne serait-ce qu'une âme, alors ta vie n'aura pas été vaine, et alors ce sera un miracle. Merci à toi de soulager les souffrances de ceux qui reviennent meurtris du front. Tu amoindris leur douleur physique et leur redonne une raison de vivre. Tu n'imagines pas la fortune de celui qui vient en aide aux autres. Ton désintéressement matériel te comblera sans fin car, crois-moi, tu ne manqueras jamais de rien. Voici encore un secret de l'univers. Ce vers quoi tu cours ne cessera jamais de s'enfuir. Par contre, ce que tu laisses partir te reviendra toujours, au moment où tu en auras besoin.

Courage mon amour, tu n'es jamais seule, je suis toujours avec toi, dans ton ombre.

Je t'aime

A »

« Bonjour mon ange,

notre fille est de plus en plus belle, elle ne cesse de changer. Elle est vouée à un grand avenir elle aussi, elle a un énorme potentiel magnétique, mais elle aura le choix comme toi, de l'accepter ou non. Sur terre nous faisons des choix à chaque instant. Il est arrivé qu'une âme ne réalise pas sa mission sur terre tant elle est aveuglée par l'illusion de la matière. C'est là toute la difficulté de la vie. Voir la vérité des choses et ne jamais s'écarter de la lumière. Se réaliser, se dépasser et tendre toujours vers la meilleure version de soi. Vivre en toute sagesse et objectivité afin de prendre le meilleur et croquer la vie à pleines dents. Je vais te laisser car tu as de la visite.

Je t'aime et reste près de toi.

A »

Là, je voudrais remonter le temps pour savoir qui cela pouvait être…

« Bonjour mon amour,

Tu dois te protéger, Maud et toi êtes en danger. Il n'est pas seulement venu pour te faire peur. Son cœur est aussi noir que les ténèbres et il est prêt à tout pour t'obtenir. Son amour pour toi est aussi inconditionnel que passionné alors il ne renoncera pas si facilement. Sois prudente, Dieu sait de quelle folie il est capable. Les choses s'enveniment et je ne peux rien faire. Tu dois être présente pour Maud, elle a besoin de toi, tu dois la préparer à son destin. Sans ton aide elle se détournera de son chemin et ton combat aura été vain. Je dois partir, je vous embrasse fort toutes les deux. »

Je ne sais si ces mots avaient un sens pour elle à ce moment là, mais sachant de quelle façon elle est morte, ça me donne des frissons dans le dos. Cette lettre l'aide à préparer son départ. Etait-elle consciente de sa fin prochaine, quelques jours avant son décès ? Pourquoi aurait-elle placé son journal dans le berceau alors ? Etait-ce vraiment un accident de la route ? Cet Arnaud était-il à ce point dangereux, au point de la tuer en maquillant le tout derrière un vulgaire accident ?

« Bonjour ma chérie,

Je profite de la sieste de notre fille pour venir te faire un petit coucou. Je te remercie pour toutes ces pensées d'amour que tu m'envoies, elles m'aident à monter vers la lumière, ainsi que chacune de tes prières. Sache que tout ce que tu émets te rejaillit dessus, tôt ou tard, en pluie fine. C'est pour ça qu'il est très important de réagir en accord avec l'univers, sous peine de perturber les éléments et de subir un orage aussi puissant que dévastateur. Garde ton cœur à l'abri de la colère et de la haine, continue de donner ton amour, même à celui qui ne te comprend pas et œuvre contre toi. Ce que tu vis au quotidien n'est pas rien. C'est une véritable grâce divine que de pouvoir me parler et du même coup apercevoir quelques unes des règles qui régissent l'univers. C'est pas toujours facile de porter la Vérité car l'Homme, dans son incomplète évolution, est un peureux qui préfère reculer plutôt que d'avancer en terre inconnue. C'est rassurant pour nous les vivants de l'invisible de pouvoir compter sur l'amour et le soutien de quelques Hommes, qui sont nos porte voix sur Terre. Merci à toi d'être l'un deux, tu es bénie.

Je t'aime mon amour,

Toujours reliés par le cœur »

Ce ne sont que des messages de paix et d'amour, Quentin avait raison, il n'y a aucune raison d'avoir peur. C'est incroyable que ces mots soient arrivés jusqu'à moi, et surtout dans quel but ?

Peut-être tout simplement pour soulager ma mère de son lourd fardeau de culpabilité qu'elle porte sans fin sur ses épaules. Ce n'est pas l'enfant du diable mais plutôt le fruit divin de l'amour éternel.

J'étais totalement sous le charme de ces écrits, envoûtée par le personnage à qui ces mots étaient destinés. Cette femme qui s'est battue pour ce qu'elle croyait juste, qui a connu le bonheur éphémère d'être deux et qui s'est vu arracher cet amour dans un tragique accident. Cette femme qui s'est battue seule contre tous, en entendant de viles paroles à son sujet et qui n'a jamais cessé d'aimer sincèrement. Cette femme n'est pas l'héroïne d'un quelconque roman, c'est ma grand-mère de sang, une femme courageuse et sacrifiée.

« Bonjour mon amour,

Je dois plus que jamais te mettre en garde car la situation s'envenime. Arnaud n'en restera pas là, son cœur est rongé par la colère et la haine. Son ego démesuré refuse qu'on lui résiste, et ne supporte pas l'idée de ne pas s'être définitivement débarrassé de moi. Nous ne devons pas lui en vouloir car il nous a permis de nous aimer encore plus fort. Il n'a jamais réussi à nous séparer parce qu'aujourd'hui encore je peux te parler de mon amour. Mais le temps est compté, en faisant le choix de s'acharner, Arnaud a engendré des conséquences terribles. Mais tout se passera de la façon la plus parfaite. Prends soin de laisser toutes les chances à Maud de connaître la Vérité et ainsi poursuivre ton œuvre, dispenser l'amour et la paix dans le monde.

N'oublie pas que dans la pire douleur, je serai là, avec Dieu, tout près de toi. Laisse à notre fille l'héritage de ses racines. Votre magnétisme est puissant, aussi puissant que l'amour que Dieu vous porte. Sais-tu que chacun possède ce don, son utilisation dépend seulement de l'élévation spirituelle de l'individu. A cela, les gènes ne suffisent pas, l'éducation et l'exercice comptent aussi beaucoup. C'est pour cette raison qu'elle doit avoir toutes les chances de savoir qui elle est vraiment : un intermédiaire du ciel et de la terre.

Je dois m'arrêter là, je t'aime et suis fier de toi.

A très bientôt. »

C'était le dernier message du carnet, écrit la veille de la mort tragique de grand-mère. En effeuillant les dernières pages du livret laissées vierges par le temps, une lettre apparut, soigneusement pliée. C'était grand-mère qui transmettait ses derniers mots à sa fille chérie.

« Ma chère enfant,

Je regrette tant de n'avoir pu rester à tes côtés pour te protéger de ce monde de haine et d'intolérance. Tu es ma plus belle œuvre sur terre, et quels que soient tes choix je serai toujours fière de toi. Tu trouveras dans ces carnets, s'ils parviennent jusqu'à toi, le plus beau des cadeaux de la vie, à savoir que la mort n'existe pas. Nous passons de l'autre côté c'est tout. Je t'en prie mon enfant, n'écoute pas tout ce qui se raconte, n'aie pas peur de notre histoire. Ne crains pas de chercher car tu y découvriras le plus beau des miracles, celui de l'amour. J'ai laissé plusieurs preuves dans différents endroits et veillerai de là-haut à ce qu'il y en ait au moins une qui te parvienne.

Dieu m'a donné la grâce infinie de pouvoir communiquer avec mon amour, et je suis convaincue que toi et moi nous pourrons le faire aussi, parce que notre amour est sincère et que ton cœur est pur.

Prends garde à la famille Desjoyaux, ils sont aussi puissants qu'effroyables et ne reculent devant rien.

Ton père et moi t'aimons et te protégeons. Nous somme fiers de toi mon enfant.

Appelle-nous avec ton cœur et nous accourrons.

Ta maman, qui t'aime. »

Tout a brûlé sauf le berceau.

La maison a été détruite par le temps et il serait suicidaire d'y pénétrer.

Les seuls témoins encore vivants de cette histoire sont encore sous l'influence des Desjoyaux, et accréditent envers et contre tout leurs mensonges.

J'ai du mal à croire ce que je viens de lire. Il y a autant d'amour que de haine, c'est une histoire à la fois merveilleuse et tragique.

CHAPITRE 14

J'étais décidée à creuser le mystère de cet Arnaud Desjoyaux. Je voulais en savoir plus et surtout comprendre ce qui l'a motivé à pourchasser ma grand-mère pendant tant d'années. Serait-ce au nom de l'amour ou d'un ego démesuré ?

Cet homme avait son avenir tout tracé, héritier de la plus grande fortune de la région, il pouvait tout s'offrir, enfin presque.

Après une brève enquête menée sur sa famille et avec l'aide précieuse de Thom, je me suis rendu compte qu'ils étaient présents à tous les niveaux de la société. Les Desjoyaux avaient bâti depuis trois générations un véritable empire industriel, économique et social. En effet, ils détenaient tous les sièges du conseil général, toutes les parts du journal local, ils finançaient les écoles, les travaux de la ville. Leur pouvoir était sans conteste, sorte de chefs d'orchestres, ils dirigeaient tout et contrôlaient tout. Peut-être qu'Arnaud n'a pas supporté que quelqu'un se refuse à lui, perdant la face pour un homme du peuple, sans pouvoir ni influence, n'ayant pour seule richesse que l'amour sincère qu'il vouait à ma grand-mère. Compte tenu de son rang, il ne devait pas être habitué au refus. Grand-mère devait être la première, elle le paya de sa vie.

Thom m'avait aidée à ramasser le plus d'informations possible sur eux, des coupures de presse et des preuves de leur empirisme régional. Arnaud représentait la dernière génération à contrôler son monde, et mit en péril la fortune de ses pères par ses agissements malhonnêtes. Il n'a jamais accepté de perdre la femme qui lui avait été promise, et certaines rumeurs disent qu'il est devenu fou tant il l'a aimée. Mais était-ce vraiment de l'amour ? L'amour conduit-il à la mort ?

Toc. Toc. Toc. Thom arrivait sur le fait avec un journal à la main.

– Entre je t'en prie. Un café ?

– Avec plaisir. Je n'ai pas de bonnes nouvelles, regarde toi-même.

Il me tendit le journal, avec en première page « La mort du dernier Desjoyaux. »

J'en avais le souffle coupé. Hier encore je pouvais le rencontrer, aujourd'hui c'est devenu impossible.

Une brève historique retraçait sa vie et relatait les bienfaits de sa famille pour le développement de la région. Il était décrit comme un saint alors qu'il est mort seul, sans ami ni famille. Pourquoi faut il être mort pour devenir meilleur aux yeux de tous ? Il avait réussi à faire de sa vie un véritable désert, où ni la vie ni l'amour ne pouvaient plus pousser.

Puis mon regard s'est posé sur la photo qui accompagnait le texte, elle le représentait dans la force de l'âge, à quarante ans.

Etrangement son visage me rappela quelqu'un. J'avais le sentiment de le connaître et d'un coup, mon sang se glaça.

– Thom, ne trouves-tu pas qu'il te ressemble ?

– Je ne suis pas sûr que ce soit un compliment.

– Regarde les traits de son visage, le nez… Serait-il possible qu'il puisse y avoir un lien de parenté entre vous ?

– En quelque sorte, oui.

– Explique-toi.

– Ma grand-mère travaillait pour lui comme domestique. Il avait pour habitude d'assouvir ses besoins sexuels avec son personnel, n'ayant personne d'autre sous la main. Il ne les violait pas, mais il abusait de son charme et de sa puissance pour obtenir ce qu'il désirait. Comme beaucoup d'autres, grand-mère fut renvoyée au début de sa grossesse, pour étouffer le scandale.

– Pourquoi ne m'en avoir jamais parlé ?

– Parce que je ne suis pas fier figure-toi d'avoir du sang Desjoyaux dans mes veines. Surtout maintenant que je connais l'histoire de ta grand-mère. En plus d'être un salaud c'était aussi un assassin.

– Je suis désolée. Tu ne trouves pas ça étrange tout de même ?

– De quoi parles-tu ?

– Arnaud est la cause de la mort terrible de ma grand-mère et toi, trois générations plus tard, tu me réconcilies avec la vie. C'est dingue, non ?

– Comme si nos destins étaient liés depuis toujours.

– Avec toutes ces découvertes, j'ai le sentiment d'avoir un regard plus objectif sur la vie. Même si je ne comprends pas tout c'est vrai, j'ai au moins eu l'occasion d'en percevoir quelques ficelles. Je sais désormais que la vie a un sens et que nous ne sommes jamais seuls.

– Attends, est-ce que ça signifie que tu admets que la mort n'existe pas ?

– J'avoue qu'après avoir reçu les messages de Max par quel intermédiaire que ce soit et après la lecture du carnet de grand-mère, j'ai envie de le croire.

– Il ne suffit pas d'avoir envie. Il suffit de n'avoir aucun argument qui pourrait venir réfuter cette théorie.

– Alors disons que ça fait beaucoup de coïncidences et que…

– Les coïncidences n'existent pas, c'est un pseudonyme qu'emprunte Dieu lorsqu'il veut passer incognito.

– Si je n'avais pas fait l'expérience, volontaire ou non, des ces communications, je ne sais pas si j'oserais le croire.

– On ne peut comprendre que ce que l'on vit intimement.

– J'ai le sentiment de vivre dans une autre dimension, où tout est plus clair, plus simple et plus vrai. La vie a enfin un sens pour moi.

– Tu sembles avoir trouvé la paix intérieure, je suis si heureux de te voir comme ça.

– J'ai l'impression de me découvrir pour la première fois, c'est comme si je renaissais. Je ne peux pas mettre de mots sur ce que je ressens réellement, ils me semblent si incomplets et dérisoires. Je voudrais simplement que chacun ressente ce que j'ai dans le cœur, un mélange de joie, d'amour et de paix.

– Tu as libéré ton cœur de sa peine, tu acceptes ta destinée.

– C'est une jolie manière de dire que j'ai fait mon deuil.

– Tu es sauvée Jade. Tu as su rallumer la flamme de vie dans ton cœur et elle rejaillit désormais jusque dans tes yeux et ton sourire.

– Oui, mais je ne sais pas trop comment aborder le sujet avec ma mère. Elle semble encore si choquée de cette histoire, je suis certaine que son malaise est le résultat de notre conversation sur la malédiction. Elle n'a jamais pu en parler à personne et a toujours tout gardé pour elle, à la fois ses doutes, ses peurs et ses questions.

– Donne lui le carnet, tout simplement, il saura parler à son cœur.

– Et si justement l'émotion était trop forte et que son cœur venait à lâcher ?

– Donne le lui, elle a le droit de connaître son histoire.

– Je sais oui, mais je ne peux m'empêcher d'avoir peur.

– N'oublie pas que ses parents sont près d'elle et qu'ils la protègent.

– Tu as raison, je vais le lui donner.

– Fais le maintenant, moi je dois partir j'ai encore du travail. Je t'appelle plus tard.

– Oui, merci Thom.

– Prends soin de toi.

A son départ, j'ai préparé un thé et l'ai porté à ma mère, qui ne dormait pas. Elle lisait un livre.

– Comment te sens-tu ?

– Bien, je me repose.

– Tiens, j'ai fait du thé.

– C'est gentil ma chérie.

– Maman, je… je voudrais que tu lises ceci, je l'ai trouvé en ramassant le berceau lors de ton malaise. Tiens, il est à toi.

Sa main tremblante prit le livret, timidement. Elle semblait remuée par une foultitude de questions. En posant la deuxième main dessus, elle fut secouée d'un petit soubresaut. Deux larmes ont roulé sur ses joues.

– Qu'est-ce qu'il y a maman ?

– Je viens de voir ma mère. Je l'ai vue comme je te vois, une fraction de seconde. Oh mon Dieu ! Que m'arrive-t-il ?

– Rassure-toi, ce n'est rien de grave. Ta maman est près de toi, elle te protège.

– Crois-tu ? C'est plutôt moi, ta mère, qui deviens complètement folle.

– Lis-le, je t'en prie. Si tu as besoin de moi, je serai à côté.

Et j'ai quitté la pièce en l'embrassant sur le front, la laissant seule avec sa vérité et son histoire. Je ne pouvais m'empêcher d'appréhender sa réaction. J'ai feint de m'occuper de tout et n'importe quoi en attendant qu'elle le lise et quelques heures plus tard, elle me rappela auprès d'elle.

Ses yeux étaient remplis de larmes.
Pas un son ne sortait de sa bouche.
Elle était ici et ailleurs…

– Si tu savais comme je m'en veux, se décida-t-elle à lâcher enfin.
– De quoi ? tu n'es pas responsable.
– Si, j'ai été lâche.
– Pourquoi dis-tu ça ?
– Parce que je le savais, inconsciemment, et n'ai rien fait pour…
– Comment ça tu le savais ?
– L'année de mes dix-huit ans, je me suis rendue dans la maison de ma mère, là où je suis née. En poussant la grille, j'ai eu une sorte de flash ou je ne sais quoi. Je ne sais comment l'expliquer mais j'ai vu ma mère me regarder profondément et me dire : « Merci à toi de répondre à mon appel, merci à toi d'accepter ton héritage ». J'ai eu si peur que je suis repartie en courant. Des nuits durant je n'ai cessé de revivre cette scène, me croyant possédée à mon tour par le diable. J'avais été si souvent mise en garde contre le lourd héritage qu'il me fallait refuser, sous peine d'y laisser moi aussi ma vie. Je voulais des enfants et ne souhaitais pas sacrifier leur amour comme elle avait sacrifié le mien au nom de je ne sais quel idéal. J'ai dû me battre très tôt pour me faire accepter des autres, pour qu'ils oublient mon histoire et la malédiction. Je n'ai pas vu tout l'amour qui se cachait derrière. Je n'ai pas fait confiance à mes racines.
– On ne t'a pas laissé d'autre choix.
– Peut-être, mais je n'ai jamais eu le courage d'en savoir plus. J'ai préféré renier cette partie de moi au point de l'oublier. Il m'est arrivé d'y repenser, bien sûr, notamment à ta naissance. J'avais le sentiment que ma mère était près de moi, je pouvais la ressentir. En tant que nouvelle mère, je voulais être en paix avec elle. Je me souviens en avoir parlé avec une amie qui m'a mise en garde contre les mauvaises intentions qu'elle pourrait ruminer à la fois sur moi mais aussi contre toi. J'ai eu peur pour toi, mais davantage pour moi. Aujourd'hui, après avoir lu ceci, je me rends compte combien j'ai été aveuglée par la peur. Je ne sais pas pourquoi, mais je me sens si soulagée d'un coup, comme si je venais de renouer avec mon Moi et qu'enfin, tous les voiles de la honte et de la confusion venaient de tomber à terre. Ma plus grande terreur était de découvrir que ma mère était

bien ce monstre que l'on m'a toujours décrit, et là je prends conscience qu'il s'agissait en fait d'un ange sacrifié sur terre par l'intolérance et l'étroitesse d'esprit. Tout est si limpide dans mon esprit, je comprends le pourquoi des choses, alors qu'il ne m'avait pas semblé les avoir remarquées.

– Je suis si heureuse de te voir réagir ainsi, j'appréhendais tellement ta réaction.

– Je m'étonne moi-m…, elle s'interrompit un moment, concentrée sur je ne sais quoi puis me prit dans ses bras. Je viens d'entendre maman me dire qu'elle m'aimait et qu'elle n'a jamais cessé d'être auprès de moi. Oh seigneur ! Je suis probablement folle, mais alors follement heureuse.

Et elle se mit à pleurer.

CHAPITRE 15

Plus tard, après une petite balade et ma visite chez Quentin pour lui apporter son cadeau, je suis rentrée à la maison. Je voulais passer un peu de temps avec ma mère, j'imaginais qu'elle voudrait se confier, ou qu'elle chercherait à en savoir plus…

Je l'ai trouvée confortablement assise dans le salon, en train de dévorer un livre.

– Bonsoir maman. Ça va ? Tu lis quoi ?

– Figure-toi que ce n'est pas banal. Je suis allée faire quelques courses avec ton père cet après-midi. Je me suis arrêtée un bon moment dans le rayon des livres, où j'ai fait l'inventaire des ouvrages ne sachant pas lequel choisir. Bon nombre me sont passés entre les mains avant que j'élise enfin celui qui repartirait avec moi. J'ai rejoint ton père à la caisse et nous sommes rentrés. Une fois tout le bazar rangé, je me suis installée sur le divan pour lire ma dernière trouvaille. Un roman sur la magie de l'Inde, ses légendes et ses mythes. J'avais envie de voyage et de paix intérieure. Et regarde, je me retrouve avec un guide sur les communications avec l'au-delà. C'est incroyable, d'autant plus que je ne me rappelle même pas l'avoir vu dans le rayon.

– C'est peut-être un signe.

– C'est plus qu'un signe Jade, c'est une invitation ! Je l'ai presque terminé, ça paraît si simple… Veux-tu que nous le fassions ensemble ? Tu sais, cette femme dans le livre parle chaque jour avec son défunt mari, il lui suffit pour cela d'ouvrir son cœur sur l'univers pour pouvoir l'entendre. Ça paraît fou.

– Maman, j'ai déjà participé à ce genre d'expérience et tu ne peux pas imaginer la frustration que j'ai pu ressentir. N'avoir plus que la parole, sans plus pouvoir se voir ou se toucher, je trouve ça trop dur.

– Dur ! J'ai passé presque soixante ans de ma vie dans le silence et l'ignorance et crois-moi, le plus frustrant est d'avoir imaginé que la mort est une fin définitive.

– Mais c'est ce qu'elle est non ?

– C'est ce que j'ai longtemps cru oui, mais à la lumière des derniers évènements je m'aperçois qu'il ne s'agit que d'une porte qui s'ouvre sur l'univers.

– N'as-tu pas peur de…

– Peur ! Voyons, j'ai eu peur toute ma vie et regarde comme j'en ai souffert. La trouvaille de ce carnet de correspondance entre mes parents m'a libérée et m'encourage à tenter l'expérience.

Elle semblait aussi résolument décidée que lorsqu'elle m'interdisait de sortir étant plus jeune. Et je savais par expérience que rien ne viendrait la faire changer d'avis. Elle s'absenta quelques secondes et revint dans le salon avec de quoi écrire et quelques bougies blanches.

– De quoi as-tu peur ma chérie ?

– Je ne sais pas trop. Peut-être que ça ne marchera pas, j'ai peur que tu sois déçue.

– Et peut-être que je ne le serai pas. Le plus sûr moyen de savoir est encore d'essayer.

Elle alluma les bougies et récita une prière à voix haute, demandant la grâce divine de pouvoir communiquer avec sa chère mère.

Je ne sais pour quelle raison mais je me sentais mal à l'aise, j'avais le sentiment de jouer avec quelque chose de sacré et je redoutais les conséquences.

Puis le stylo a commencé à bouger, tout d'abord de façon timide et maladroite, avant de trouver en quelque sorte sa vitesse de croisière.

« Mes chères enfants, je suis si heureuse d'être là près de vous. Je n'ai jamais cessé de l'être mais cette fois, au moins, vous en avez conscience. Il nous aura fallu être patients avant d'être à nouveau réunis en famille. Ton papa est aussi près de moi et il te transmet par mon intermédiaire tout son amour et toute sa fierté.

Il était important que vous sachiez que nous n'avons jamais cessé d'exister, que nous œuvrons toujours pour le salut de la terre et que notre mission céleste est de vous guider dans votre mission terrestre. Vous et nous, sommes les co-acteurs du plan divin, n'est-ce pas merveilleux? J'ai entendu ta question Maud, quel est-il ce plan divin? Le plus beau des cadeaux, réaliser l'expérience de ton être afin de tendre vers ce que tu désires et tirer les leçons de ton choix qui te conduiront vers la lumière.

J'entends ta colère Jade, tu imagines ne pas avoir choisi ce qui t'est arrivé et pourtant ton âme a fait le choix de vivre cette expérience car elle seule te conduirait à ce que tu fais aujourd'hui avec ta mère. Cette grâce divine est dans la famille depuis de nombreuses générations et a failli disparaître en même temps que moi. Ton incarnation avait pour but de perpétuer l'héritage que peu d'Hommes choisissent de porter, à savoir la compréhension et le respect de certaines règles qui régissent l'univers. Nous ne sommes pas des élus, mais plutôt des sacrifiés de la vérité, qui nous heurtons sans cesse à des murs d'intolérance et de bêtise. Votre rôle est de témoigner de ce qui vous arrive afin que cela puisse arriver à d'autres. Les médiums ne sont pas une élite mais des gens comme vous et moi, au cœur pur, qui par leur amour, maintiennent ce lien invisible avec l'au-delà. Oui, j'entends par là que tout le monde est capable d'entendre ou de ressentir l'invisible, car ce qui nous relie les uns aux autres n'est autre que le cœur. Nous sommes tous confrontés, tôt ou tard, au choix de voir ou pas par delà la mort, nous perdons tous des êtres chers, mais rares sont ceux qui cherchent à savoir où ils sont, ne regardant pas plus loin que leur propre douleur. Si vous saviez la fête que c'est de notre côté! C'est le grand moment où l'on rentre chez soi, d'où l'on vient vraiment, depuis toujours. Bien sûr, nous entendons votre peine et cela nous retient en quelque sorte vers vous. C'est pour cela qu'il vous faut accepter le départ de la personne pour qu'elle soit au plus vite dans la lumière divine et donc plus proche de vous.

J'ai tant de choses à vous expliquer que je n'arriverai pas au bout en une seule fois. C'est si merveilleux de pouvoir parler avec vous, de pouvoir enfin vous dire combien je vous aime. N'hésitez jamais à nous appeler, vous ne nous dérangerez jamais, au contraire. Je vais laisser ma place un instant à quelqu'un qui est impatient de prendre la parole. Je vous aime et reste près de vous, dans votre ombre.

Ombeline.

Bonjour à vous ma chère belle-maman, et bonjour à toi mon amour. Je ne tenais plus en place, je suis si heureux de parler avec vous. L'amour n'est-il pas le plus beau cadeau du monde ?

Bon, je n'ai pas beaucoup de temps, c'est pour cette raison que je me suis permis de vous interrompre. J'ai un message de la part de quelqu'un dont je suis obligé de taire le nom pour le moment : Rendez-vous à chacune des invitations que l'on vous fera car l'une d'elles vous conduira à la vérité. Une fois encore rien n'est hasard et sachez que Dieu vous pardonne, même si vous ne vous repentez qu'à la dernière seconde. Nous sommes sûrs que vous ferez le bon choix. Rassurez-vous, si mes mots vous semblent flous aujourd'hui, ils seront bientôt limpides à vos yeux. Je ne peux pas en dire plus car mon but est de vous préparer sur votre chemin et non d'en retirer toutes les pierres qui y font obstacles.

Je reste près de vous et je vous aime.

Vous êtes bénies

Maxime.

Quelle énergie, c'est incroyable ! Cependant ce qu'il dit est vrai. Oh Maud ! Puisse ton cœur trouver assez d'amour pour me pardonner. Tout est tellement plus clair de là-haut. Sur terre nous ne voyons pas tous ces signes qui nous mettent en garde, nous fonçons aveuglément, allant jusqu'à croire que nous sommes invincibles. Ne doutez pas de l'immensité de la création et de votre pouvoir à changer les choses. Bien sûr, pour cela il faut regarder plus loin que la normale, plus loin que la vie terrestre, il faut regarder la lumière et croire en la vie éternelle. Quand vous pleurez un amour, un ami, ou un père, sachez qu'il est là près de vous, qu'il vous tient la main et vous demande de ne pas pleurer, il vous dit que rien n'a changé, que vos deux cœurs sont à jamais reliés. Vous n'entendez plus nos voix, mais nous faisons encore passer nos mots par la bouche d'autrui. Vous ne voyez plus nos visages et pourtant vous sentez notre amour vous réchauffer le cœur et vous donner la force nécessaire pour surmonter vos épreuves.

Le dialogue n'a jamais cessé, mais aujourd'hui il vous faut ouvrir votre cœur pour nous entendre. Je suis passée pour folle de connaître la grâce de ce miracle, je me suis sentie si seule alors que je ne l'étais pas, jamais.

Demandez, nous vous répondrons.

Frappez, nous vous ouvrirons.
Je dois à mon tour vous laisser, j'ai hâte de vous retrouver mes chéries.
Je vous aime.
Ombeline. »

– Moi aussi je t'aime maman, dit Maud dans un léger soupir. Wooh ! Pour une première c'est plutôt une réussite. Tu te rends compte, on a parlé avec Maxime et maman, c'est dingue !

– Dingue, c'est le bon mot.

– Pourquoi es-tu si négative ?

– Et toi aussi puérilement émerveillée ?

– Je te demande pardon ? Pour la première fois de ma vie j'ai eu la chance de parler avec ma mère. Voilà près de soixante années que j'attendais ça, alors excuse-moi d'être aussi débordante d'enthousiasme.

– Pardonne-moi. J'aimerais tant l'entendre moi aussi. C'est si frustrant que Max se fasse entendre de tous sauf de moi. Je ne sais pas comment vous faites pour…

– Tu dois vider ton cœur de toute colère, me dit-il. Si tu lâches prise tu arriveras à l'acceptation de la situation, et enfin notre relation évoluera, enfin votre relation, je ne suis que l'intermédiaire.

– Tu es remarquable pour une débutante. Tu sembles si détendue.

– J'ai tout à gagner, c'est la seule chance pour moi de construire ma relation avec mes parents, et crois-moi, je ne la laisserai pas passer.

– Je te comprends. Eux par contre, un peu moins.

– Leurs mots semblent clairs mais ils nous sont encore inaccessibles. le temps fera son œuvre, quoi qu'il puisse nous réserver. Oh, mon Dieu ! Je n'ai pas vu l'heure. Ton père et moi dînons au restaurant ce soir, il faut que j'aille me faire belle, je ne ressemble à rien comme ça.

– Quelle idée ?

– Je crois que mon malaise l'a quelque peu inquiété. Depuis, il est plein d'attention à mon égard. J'en profite avant que ça lui passe.

– Tu le mérites tellement. Va vite.

Quelques minutes plus tard, mon père rentra lui aussi à la maison, et se rua dans la salle de bain pour se refaire une beauté à son tour. Cette attitude me toucha. On aurait dit deux adolescents conviés à leur premier rendez-vous. Que cela me manque. Mon Dieu, serait-ce possible qu'un jour je puisse aimer à nouveau ? Je veux le croire, car il n'y a rien de plus beau que l'union de deux êtres qui s'aiment.

Mais en attendant, il ne me reste plus qu'à me faire un plateau télé et après au dodo.

CHAPITRE 16

Le lendemain, tandis que j'allais me servir un café pour le petit déjeuner, je surpris ma mère racontant son histoire et ses découvertes récentes à mon père. Il semblait absorbé par ses paroles sans trop se poser de questions.

– Et qu'en penses-tu ? lui dis-je en entrant dans la pièce.
– Bonjour, ma chérie. Je te remercie, je vais bien.
– Excuse-moi, je voulais juste participer à la conversation sans vous interrompre.
– Oui, mais tu ne m'as toujours pas dit bonjour.

Je m'avançais vers lui, lui fi un gros bisou en lui murmurant bonjour à l'oreille.

– Bonjour maman. Alors bonne soirée hier ?
– Extra, j'ai un époux merveilleux.
– Et bah, ça respire l'amour tout ça, ça fait plaisir. Mais, sincèrement qu'en penses-tu papa, nous crois-tu folles ?
– Je ne sais pas trop quoi te dire, tout ça est si incroyable et nouveau. Tout ce que je sais c'est que grâce à ça, ta mère a cette lueur au fond des yeux qui fait d'elle une femme heureuse. Alors moi aussi je me sens heureux.
– Quand tu auras terminé ton beau discours, pourrais-tu me sortir la brioche du four, s'il te plait.
– Bien sûr, mais j'aimerais que pour une fois on me prenne au sérieux quand je parle. Aaaiie ! Merde, je me suis brûlé le bras.
– Montre, tu t'es pas raté, vite sous l'eau froide.
– Non, maman attends. Assieds-toi papa.

Instinctivement, sans savoir ce que je faisais, j'appliquais mes mains à environ cinq centimètres de la plaie. Je me regardais faire cette action sans en comprendre les motivations profondes.

Une drôle de sensation m'envahit les paumes. Des picotements par dizaines m'enflammaient les mains comme si elles tentaient de brûler la plaie.

– Tu me fais mal, Jade. J'ai l'impression que tu me grilles ou pire que tu m'enfonces des aiguilles dans le bras.

– Je suis désolée, pour moi aussi c'est pas super. Je ressens ta douleur moi aussi, mais uniquement concentrée dans mes mains.

Puis, après quelques dizaines de minutes, cette impression changea. Cela ne me brûlait plus, mais faisait l'effet d'un baume, sans plus de douleur aucune.

J'ai l'impression que tu me mets de la pommade maintenant, c'est déjà plus agréable. Dis donc, tu m'impressionnes.

Et moi donc.

Puis, plus rien. Je ne ressentais plus rien dans les mains, comme si le courant venait d'être coupé. La brûlure de papa était rose claire, et il ne souffrait plus. Il s'est bel et bien passé quelque chose, j'étais perplexe. Comment ai-je su ce qu'il fallait faire? C'est comme si mon corps connaissait, inconsciemment, la marche à suivre, comme s'il l'avait enregistré dans ses cellules.

– Ta grand-mère me dit qu'elle te guide pour faire tes premiers pas. Maintenant va te laver les mains.

– Grand-mère? Mais. que s'est-il passé?

– Tu as magnétisé ta première brûlure et tu l'as fait quasi disparaître. Tu as accéléré le processus de régénération de la peau, tu as cicatrisé la plaie.

– C'est rapide, efficace, ça me plait. Oh lala! Je vais être en retard, il faut que j'y aille. Merci, me dit mon père tout content. A tout à l'heure mes petites femmes.

– Bon courage, chéri, à ce soir.

Il nous embrassa toutes les deux sur le front et disparut dans l'embrasure de la porte.

– Maman, que crois-tu que j'ai fait ?

– Je viens de te le dire, du magnétisme. Tu as réorganisé l'énergie de la partie affectée.

– Tu me dis ça comme si c'était naturel.

– Non, je te répète ce que l'on me dit, c'est tout. Ecoute, pour moi aussi tout est nouveau, je ne suis pas très à l'aise avec tout ça. Comment ça marche et pourquoi je n'en sais rien… Mais à quoi penses-tu Jade ?

– A Quentin. Je t'ai raconté son réveil à l'hôpital. Selon lui, il pourrait remarcher avec mon aide. Je ne l'ai pas cru au départ, je pensais que c'était son imagination qui me jouait des tours, mais après tout ça, je me demande si…

– Avec le temps et beaucoup d'amour, tu parviendras à réaliser de grands miracles, me dit-on. Ne te pose pas tant de questions, depuis le début les choses se présentent à toi de façon naturelle, laisse faire et fais confiance, en ton cœur comme en la vie.

La sonnerie du téléphone nous interrompit, et ma mère alla tout de suite répondre.

– Allo !… Oui, c'est moi… Pardon ? Euh. et bien d'accord, j'y serai. A onze heures ce matin, d'accord. Au revoir.

– C'était qui ?

– Le notaire d'Arnaud Desjoyaux, je suis convoquée ce matin même à la lecture de son testament .

– Pourquoi faire ? Tu ne l'as jamais vu…

– Et pourtant il semblerait que je sois concernée par ce qui va être dit.

– Tu vas y aller ? Vraiment ?

– Bien sûr, au moins par curiosité.

– Mais grand-mère t'a toujours mise en garde contre lui, peut-être ne devrais-tu pas y aller.

– « Rendez-vous à chacune des invitations où vous serez conviées, car l'une d'elle vous conduira à la vérité. »

– Mais si cette vérité n'était pas belle ? De la part d'un homme comme lui, je doute qu'il puisse y avoir une bonne nouvelle à la clef.

– Que la vérité soit belle ou non, elle reste la vérité, et cela vaut mieux que n'importe quel mensonge, aussi magnifique soit-il.

– Comme tu veux, mais laisse-moi au moins t'accompagner.

– Je vais me préparer et tu devrais en faire autant. A tout de suite.

Une heure plus tard nous étions en route pour le cabinet, sans trop savoir à quoi nous attendre. Nous patientâmes quelques minutes dans la salle d'attente lorsqu'un petit, gros, moustachu nous fit passer dans son bureau. Il me fixa longuement avant de demander mon identité et me permit de rester sachant que j'étais la fille de Mme Maud Levas.

– Je vous ai fait venir aujourd'hui pour procéder à la lecture du testament de M. Arnaud Desjoyaux, décédé il y a deux jours maintenant.

– Excusez-moi, maître, pourquoi n'y a t-il que nous deux ? demanda ma mère timidement.

– Parce qu'il n'a convié que vous. Vous savez il a fini sa vie bien seul, plus de famille, plus d'amis. Il n'était même pas certain que vous viendriez aujourd'hui. Je vais donc vous lire sa lettre testamentaire et répondrai à vos questions plus tard, si toutefois vous en avez.

« Maud,

Merci à toi d'être venue ici en ce jour. Je sens la fin me prendre de court, et je ne veux pas partir sans te laisser ta vérité. C'est tout ce qu'il me reste à donner aujourd'hui. Dieu m'est témoin, j'ai fait beaucoup d'erreurs, et le moment est venu pour moi de racheter mes fautes. Ainsi, je ne te laisse aucun bien, ni fortune, mais je te laisse ma plus grande richesse : le pardon de ta chère mère, mon seul et unique amour.

Puisse ton cœur trouver la force de me pardonner à son tour.

Arnaud. »

– Ainsi, repris le notaire, il vous laisse cette enveloppe dont lui seul connaissait le contenu. De plus, les frais d'obsèques ont été totalement payés par le défunt lui-même. Je vous demanderai de seulement apposer votre signature en bas de ce document précédé de la mention « lu et approuvé. »… Des questions ? Non, et bien merci de vous être déplacées, au revoir mesdames.

– Au revoir, maître, et merci.

Arrivées dans la voiture, je ne pus m'empêcher de dire :

– Que crois-tu qu'il y ait dans cette enveloppe ?
– Je ne sais pas trop. Je l'ouvrirai à la maison, je préfère.

Durant tout le reste du trajet, un lourd silence pesait sur nous. Chacune de nous imaginait la contenance de ce paquet, sans avoir jamais aucune certitude quant à son sujet. Puis, une fois arrivées, ma mère s'installa dans un fauteuil du salon, décacheta l'enveloppe et sortit les documents placés à l'intérieur. Elle en fit une lecture à voix haute.

« Mon cher Arnaud,

Serais-tu devenu fou à ton tour pour entendre une voix venue d'outre-tombe ? Non, ne vois pas de la folie là où il y a un miracle.

Tu as commis l'erreur de croire que l'amour cessait avec la mort, mais la mort n'existe pas, nous passons seulement dans la pièce d'à côté, et nous restons là, nous vous regardons et nous sondons votre cœur. Grâce à la lumière divine, j'ai compris ce qui t'a motivé à agir de la sorte. Le prince que tu étais n'a jamais supporté le refus et l'affront que j'ai pu lui causer en dénigrant cette promesse de mariage. Ce que j'ai pu te haïr d'avoir tué l'homme que j'aimais, et d'avoir aussi trafiqué ma voiture afin qu'elle me serve de cercueil à mon tour. Ce que j'ai pu t'en vouloir de m'avoir forcée à porter ton enfant, Maud.

Aujourd'hui, grâce à l'amour du divin, je comprends mieux ces actes de barbarie et je te pardonne. Tu as renforcé mon amour pour Adrien et tu m'as permis de perpétuer ma descendance et mon héritage. Je suis en paix avec Dieu, dans mon cœur, et c'est pour cette raison que je te pardonne. Puisses-tu trouver l'essentiel de la vie, à savoir ce que l'on ne t'a jamais appris : que l'amour prime sur l'argent, et qu'il vaut mieux avoir du « pouvoir avec » qu'avoir du « pouvoir sur » quelque chose ou quelqu'un.

Puisse Dieu te soutenir dans cette épreuve, car tôt ou tard, il te faudra en répondre.

Puisse notre fille te pardonner elle aussi de l'avoir conçue dans de telles circonstances et pour l'avoir privée de tout amour ensuite.

Je te suis seulement reconnaissante de ne pas l'avoir accueillie chez toi après mon départ, d'avoir seulement subvenu à ses besoins, de loin et de manière très discrète. Et ce, même si tes motivations n'étaient que purement égoïstes. C'est par lâcheté que tu n'as jamais chercher à la revoir, c'est uniquement la peur de croiser son regard qui t'a maintenu à distance, car au fond de ton cœur tu sais que tu as mal agi, et que tu ne méritais pas l'amour de cette enfant, mon enfant, qui je te le rappelle est aussi la tienne.

Aujourd'hui, je sais que tu m'as aimée plus que tout au monde, mais tu m'as aimée si mal. Tu as confondu mon bonheur au détriment du tien, tu as confondu la valeur inestimable de l'amour à celle du pouvoir et de l'argent. Mais, je veux que tu saches aujourd'hui que je te pardonne. Je n'ai plus de rancœur car je sais que, tôt ou tard, j'aurai à nouveau la chance de dire à Maud combien je l'aime, et combien je suis fière du chemin qu'elle a parcouru, toute seule, car son propre père l'a lui même privée de tout aide et de tout amour. Il arrivera un jour où tu devras en répondre devant elle, mais en attendant, c'est à mon tour de te pardonner.

Puisse ton cœur s'ouvrir à la lumière divine et contempler le gâchis qu'il a pu causer.

Un jour, nous nous reverrons, car nous sommes tous les fils de Dieu et nous vivons éternellement à ses côtés.

Ombeline. »

– Oh mon Dieu !! Ce n'est pas possible, je ne peux pas être la fille de cette homme, s'écria ma mère bouleversée. Ce n'est pas possible, pas ce monstre !

– Maman, si grand-mère a réussi à lui pardonner, pourquoi n'essaierais-tu pas toi aussi ?

– Pardonner ? Tu veux rire ! J'ai vécu un enfer à cause de lui et en plus j'apprends que je ne suis même pas née de l'amour. C'était la seule chose dont j'étais sûre, et voilà que je n'ai même plus ça pour me raccrocher. Je suis écœurée. Te rends-tu compte, il a violé ma mère puis a mis fin à ses jours ! Il l'a salie dans toute la région sans remords ni gêne aucune ! Je ne lui pardonnerai pas, à ce salaud.

– Pourtant, Dieu nous pardonne lui, même à la dernière seconde.

– Je ne suis pas Dieu. C'est trop facile.

– Facile ? Je ne crois pas. Seulement, il faut que tu comprennes que tant que tu gardes des griefs contre quelqu'un, tu restes en son pouvoir. C'est à dire que tu laisses à cette personne suffisamment d'importance pour la laisser te polluer et générer un mal être. Tu la laisses te manipuler par cette colère et cette rage qui naît dans ton cœur. Libère-toi de tout ça, une bonne fois pour toutes. Les dés sont jetés, tu ne changeras pas ce qui s'est passé il y a soixante ans. Face à l'impuissance, on ne peut qu'accepter. Mais, attends un peu… Si Arnaud est ton père biologique… Thom et moi sommes cousins ! C'est étrange cette amitié qui s'est tissée entre nous sans connaître notre lien de parenté. La vie n'est-elle pas incroyable maman ?

– Tu as raison, je ne peux plus rien y faire.

– Si, lui pardonner, pour te libérer et avancer. Tu n'es plus seule, ne l'oublie pas.

Elle me prit dans ses bras et se mit à pleurer, soulagée de connaître la vérité, quelle qu'elle soit.

CHAPITRE 17

Il y a un mois de cela, je pensais ma vie anéantie. Je croyais être arrivée au bout, alors que j'arrivais seulement à un carrefour, au carrefour de la Vérité.

La vie s'est alors montrée sous un soleil nouveau et s'est entêtée à me prouver qu'elle pouvait, à chaque instant, être un cadeau merveilleux, une belle surprise.

La vie est ce bien précieux qui peut nous être retiré en une fraction de seconde, c'est l'expérience la plus exaltante et à la fois la plus cruelle. Mais c'est en regardant au fond de son cœur et de ses tripes que l'on comprendra mieux le monde, et si l'on comprend mieux le monde, on comprendra mieux la vie et donc notre nature profonde. C'est un cercle divin, il est parfait.

Avez-vous vu comme chaque évènement s'imbrique les uns dans les autres, comme s'ils étaient agencés par une intelligence suprême ? Voyez comme les vies se mêlent sur terre en formant des pactes sacrés qui jamais ne se perdent. Voyez comme les choix d'un seul homme peuvent influencer la vie de plusieurs autres, dans une logique implacable.

Tout est parfait.

Toute chose a sa raison d'être, même si c'est difficile à accepter.

C'est comme un immense puzzle dont vous seriez une pièce maîtresse et à la fois une pièce parmi tant d'autres. Nous sommes ce truc énorme et à la fois cette petite chose. Nous vivons, nous aimons et faisons des choix qui nous conduisent à ce que nous sommes.

Je me suis acharnée à vouloir prendre la vie comme elle ne venait plus, j'ai attendu et espéré que Maxime revienne, comme si cela était possible. J'étais engluée dans une vision terrestre et matérielle de la vie, dénuée de sens et de logique. Et il m'a fallu perdre mon amour pour rencontrer la véritable vie ; la vie éternelle. C'est un beau trésor et un lourd sacrifice.

Mais aujourd'hui, savoir que la mort n'existe pas, qu'il existe au contraire une symbiose totale entre les mondes visible et invisible m'oblige à penser la vie différemment. Elle est tellement plus riche que ce que l'on s'imagine… Et Dieu aussi n'est pas celui qu'on croit. Il n'est pas ce père courroucé dont nous parlons depuis des siècles, c'est notre ami, le meilleur que nous puissions avoir. Il nous guide et nous berce de son amour, ne donnant pas toujours ce dont nous avons envie, mais toujours ce dont nous avons besoin.

Nous avons tout sous les yeux, tout sous la main, et Dieu nous permet de rester aveugle si telle est notre volonté. Mais il donne tout à celui qui veut voir, entendre et comprendre la vérité.

Ma vie a enfin un sens, une logique.

Je veux relever tous les défis, je veux parler tant que je le peux, aimer à chaque seconde, profiter de chaque bulle d'oxygène, me réchauffer à chaque rayon de soleil, parce que tôt ou tard, ce sera à mon tour de partir, de retourner d'où l'on vient. Mais avant cela, je veux réaliser tous les miracles que la vie rend possibles.

Et même si certaines choses nous dépassent encore largement, je sais que tôt ou tard, nous aurons les réponses et nous devrons justifier nos actes, ou notre inaction.

Chaque vie possède un but bien défini, trouvez le vôtre !

Jacques VABOIS

Le petit chien noir dans le caddy

Que pensent donc les médias en nous envoyant chaque jour des flots d'images et d'événements sans s'inquiéter de la manière dont nous les vivons ?

Leur façon de faire est d'ailleurs assez parlante : ils veulent que nous encaissions tout, sans broncher. Si l'Homme ne peut admettre une telle passivité, Jacques Vabois nous apprend à travers ces récits que même son chien ne l'admet pas !

C'est un chien qui pense, sent, voit... bref qui réfléchit sur notre société avec un bon sens qui force l'admiration.

Jusqu'à présent on a fait parler les animaux dans les légendes pour amuser ou effrayer les enfants, dans les contes et les dessins animés pour les faire rêver, s'évader...

Ici l'animal, par sa réflexion toute canine, pousse l'homme à réfléchir. C'est donc bien de philosophie populaire qu'il s'agit, avec une bonne dose d'humour.

L'accent canin et son zozotement n'ont rien d'académique, et cependant on a rarement fait lecture aussi plaisante !

ACADÉMIE FRANCOPHONE
CONCOURS LITTÉRAIRE INTERNATIONAL
PALMARES 2004

14 € – 136 pages – Isbn 2-35027-055-6

Editions Amalthée
www.editions-amalthee.com

Suzon CAUBEL

Dis-nous, Bonne Maman…

Suzon CAUBEL, maman d'une nombreuse famille, rassemble à la demande de deux de ses petites-filles ses souvenirs d'enfance.

Avec ses yeux d'enfant elle donne ici un témoignage original sur cette période tragique de 1942 à 1945, dans la France occupée et en Angleterre.

Au centre de ce témoignage, une présence constante, celle de Jésus-Hostie dont elle est tombée amoureuse dès le jour de sa première communion.

12 € – 132 pages – Isbn 2-35027-021-1

Editions Amalthée
www.editions-amalthee.com

Geneviève BERGER

Une bluette peut être une longue histoire

L'auteur raconte l'histoire purement imaginaire de Bluette et de sa famille, de son enfance et de son grand amour. Une histoire de plus de cent ans...

Tout commence à Montreux en 1889 avec le mariage de ses grands-parents, ce jeune couple suisse qui va s'installer à Paris.

Bluette va grandir heureuse, puis viendront des épreuves, la maladie et la mort de certains de ses proches. Elle rencontrera l'amour de sa vie et ils ne se quitteront plus, jusqu'au bout.

Une Bluette peut être une longue histoire, l'histoire d'une jeune femme bousculant les interdits, mais aussi de plusieurs générations, de plusieurs époques, l'histoire de la vie.

23 € – 400 pages – Isbn 2-35027-006-8

Editions Amalthée
www.editions-amalthee.com

Jacques VERDIEL

Les déserts

Les immensités de la neige, du sable, de l'eau ou même les espaces d'une ville inconnue. Les déserts ! Abandon, solitude, rien n'est rassurant, tout est hostile. Alors, la panique bien sûr, qui peut être fatale.

Pourtant si je l'affronte si peu que ce soit, me voici bientôt un autre. Un autre dans un monde transformé. Un caillou, une source, un animal, quelqu'un que je n'aurais même pas regardé, tout est devenu pathétique. L'étrangeté du désert saute aux yeux et cependant, dans sa vérité, c'est jour après jour, pas après pas, phrase après phrase qu'elle s'installe. Quelle avidité de connaître ! Plus rien n'est futile, plus rien n'est pauvre. Tout sonne dans un air différent…

12,50 € – 240 pages – Isbn 2-35027-023-8

Editions Amalthée
www.editions-amalthee.com

Jean-Pierre GOUSSAUD

Samuel l'Imparfait

Interné dans le camp de Drancy en août 1942, un enfant d'une dizaine d'années, à l'identité incertaine, croise la route d'un adolescent juif, qui à partir d'un simple cliché des ruines de la citadelle inca de Machu Picchu, va lui apprendre ce que peuvent être la beauté et la richesse du monde, en même temps que la violence et la souffrance.

Devenu adulte et parti à la recherche de son enfance, usant de toutes les facultés de sa mémoire – cette petite voix qui ne cessera plus de murmurer à son oreille – sa pensée va traverser le temps et l'espace. De l'Ile Saint-Louis à Paris aux vieux schtetls polonais, des pentes du Parnasse au camp disciplinaire de Rava Ruska, d'un petit village vendéen où enfant il aura été caché à cet autre en Provence où aura été humiliée et meutrie la femme aimée, son destin prendra tout son sens.

Ce livre n'est pas une énième réflexion sur la question juive et, moins encore, quelques pages ajoutées au terrifiant récit du scandale de la shoah. Il n'est que le premier de ce « quelque chose de la mémoire du monde » qu'il faudra bien poursuivre avant de définitivement le clore.

22 € – 370 pages – Isbn 2-35027-027-0

Adeline PAULIAN-PAVAGEAU

Le pélerinage de la vengeance

Au 13e siècle, une riche famille de marchands du Puy en Velay part en pèlerinage pour Saint-Jacques de Compostelle. Leur fils, Aubin, qui les accompagne à contrecœur, décide d'empoisonner la vie de ses parents en multipliant les farces. Ils se joignent à la famille du redoutable chevalier Raoul de Rochebrune, puis à l'abbé Guibert de Bonneuil. Dans ce groupe mal assorti, les relations se tendent, des mésententes éclatent et la mort ne tarde pas à frapper.

Le récit est enlevé, les personnages pittoresques et les dialogues pleins d'humour.

Adeline Paulian-Pavageau est née en 1972, à l'Île d'Yeu, dans une maison pleine de livres. Après avoir enseigné l'histoire géographie en région nantaise, puis en Normandie, elle s'est fixée dans le Berry. Elle s'occupe aujourd'hui de ses trois enfants et écrit des romans et des albums pour la jeunesse.

12 € – 102 pages – Isbn 2-35027-061-0

Editions Amalthée
www.editions-amalthee.com

Imprimé en France
ISBN 2-35027-146-3
Dépôt légal : 2e trimestre 2005